真夜中の果物《フルーツ》

加 藤 千 恵

幻冬舎文庫

真夜中の果物《フルーツ》

真夜中の果物《フルーツ》　目次

本文デザイン　名久井直子

よく晴れた日に

二年と少し勤務した会社を辞めた。

辞めてから一週間経った今、なぜか、海に向かってる。五人で大騒ぎしながら。車の中では、フリッパーズ・ギターのアルバム『海へ行くつもりじゃなかった』が流れてる。いい選曲といえるかもしれない。

最初は頭痛だった。薬を飲んでごまかしていたが、そのうち吐き気がともなってきて、ベッドから出ることすらできなくなった。

会社に行きたくないせいだと気づいたのは、しばらくしてからだ。気づかないふりをしていただけかもしれない、と今なら思う。

いじめられていたわけではない。職場の人間関係はおおむね良好だったし、なにも問題はないはずだった。でも、体がだめになったのだ。マウスを握る手が震えて、パソコンの画面を見つめる目の焦点が合わなくなった。

向いていなかったんだろうとも思う。でも、そう割りきることもうまくできなかった。あんなにやりたかった広告の仕事なのに。高倍率を勝ちぬいて、やっとの思いで入社したのに。つらいというより、くやしかった。

瑞穂に電話して、「辞めちゃったんだよねえ」と言ったとき、涙が止まらなくなった。辞表を出すときも、ロッカーや机を片付けて会社を出たときにも、流れなかった涙だった。「そういうときは、海だよ」と瑞穂は言った。冗談でもなんでもなく、真面目な口調で。「う、海?」と聞き返すと、「だってほら夏だし」と、これもまた真剣な様子で言った。

それで、海に向かっている。いい年した大人が五人で、平日のよく晴れた日に。

「よく晴れてよかったねえ」と、助手席にいる瑞穂が、わたしのほうを振りかえって、笑顔でそう言う。一歳半になる子どもは、近くに住むお母さんのところに預けてきたと言っていた。

「晴れてるけど、台風接近中らしいよ」と、冷静な口調で言ったのは、運転席の亮。実家の工場を抜け出して、ドライバー役を買って出てくれた。

「まじでー？　台風かー、そうは見えないけどなー」とは、わたしの隣に座る、デパート勤務のゆきちゃん。今日はたまたま休みだったのだそうだ。

さらにゆきちゃんの隣に座る和人は、さっきから、瑞穂が持ってきたイルカの形のフロートをふくらませている。「今ふくらませても邪魔になるだけじゃん」とみんなに突っ込まれながらも、必死な形相で息を吹き込んでいる。果たしてバイトを仮病で休んでまでするようなことなのかそれは。

「もうそろそろだよ」という亮の声に、窓の外に目をやると、そこにはもう海が見えていた。海だー、とゆきちゃんが声を弾ませる。

車を駐車場に止めて、少し歩いたのちにたどり着いた海岸には、あまり人がいなかった。繰り返し遊泳禁止のアナウンスが流されている。確かに、空は晴れているけれど、波が高いように思う。

「せっかく下に水着着てきたのにー」とだだをこねている瑞穂をなだめながら、みんなで足だけつかりに行った。「水着よりもこのフロートどうすんだよ」と言った和人の声が情けなくて、思わず笑ってしまう。

たぶんわたしたちが見ている海は、それぞれに別の海なんだろうな、と思った。主婦と自営業とデパート嬢とフリーター、そして失業した女で見る海は、なかなか悪くなかった。

忘れない景色がいくつもあるうちは
うまく笑えるような気がする

まるわかり

今日飲みに行かない、ってメールが来て、彼女とうまくいってないときだけ誘ってこないでよ、って言葉が浮かぶけど、わたしの指は既に、いいよ、何時にどこ、って返信を打ち込んでる。

安いだけがとりえの汚くて騒がしい居酒屋でわたしたちは会う。おー、って片手をあげながら近づいてくる中井が、どうしたってかっこよく見えてしまい、わたしは自分の視力と頭をなんとかしたいって願う。

「なんかたまに飲みたいなあと思ってさ」

黄色いおしぼりで手をふきながら、中井はそんなことを言う。自分の言葉が、わたしにとってどれくらい効果的なのか、わかっているのか、いないのか。

中井はビールをとてもおいしそうに飲む。のどぼとけが動くのを見ながら、わたしはビールにまでちょっとだけ嫉妬している自分に気づく。どうかしてる。もはや病気だ。彼が触れるあらゆるものに、どうして自分が含まれていないのだろうと思う。

「最近どうなの」

聞かれて、わたしは話し出す。会うことになってから、話そうと決めていた話を。ふくらませたり、最初からまるっきりの嘘を混ぜたりしながら、わたしは必死に、中井がおもしろがってくれそうな話をどんどんする。

中井が笑うと安心するし、一瞬でも退屈そうな表情を見せているとあせってしまう。とにかく彼が笑って楽しんでくれることだけを気にしてるわたしは、必死すぎて滑稽だ。

ほどよく酔いが回ってきて、中井が多少つまらないことにでも笑ってくれるようになってから、彼の携帯電話が鳴る。

「ごめん、ちょっとメール」

わたしは、うん、って言って、全然気にしないでいいですよって感じで自分も携帯電話を取り出す。メールは何も来ていない。仕方なく、既にある受信メールを読み返していく。横目でうかがう中井が、嬉しさを隠すみたいに、無理やり唇をひきしめている。いやな予感がする。

予感は的中で、中井はもごもごと、あのさー、申し訳ないんだけど、とわたしに切り出してくる。わたしは無用の携帯電話をしまいながら、明るく言う。

「わかってるよ、彼女でしょ。いいよいいよ。わたし、もう少し一人で飲んでいくし」

「うわー、俺、まるわかりだな。恥ずかしいわ。ほんとごめん」

「いいよいいよ。気をつけてね」

あわただしく席を立ち、出て行く中井の背中は、あえて見ないようにした。彼が置いていった三千円を見つめていた。

彼はあんなふうに言っていたけれど、恥ずかしいのは、こっちだとわかっている。中井への好意がまるわかりで、時間つぶしや暇つぶしに都合よく利用されている、わたしのほうだと。

飲み物を追加する気にもなれなくて、わたしは深く息をつく。

対等にふるまってても
いつだって選択権はあなたのものだ

二冊

「なんでこの本二冊あるの？」

悪気ない茜の質問に、ドキッとした。

「え、どれ？」

そう聞いたけど、もちろん本当はわかっていた。あれしかない。

「これ、この『キッチン』」

彼女の指さす先には、確かに二冊の同じ文庫本が並んでいる。状態に違いはあるが、全く同じものだ。なんて答えようか迷って、砂糖を入れたコーヒーを口に含む。

「……昔から持ってたんだけど、忘れて買っちゃったみたい」

自分のことなのに、みたい、というのは変なのではないかと、口にしてから思った。けれど茜は、それ以上追及してくることはなく、疑う様子も見せなかったので、安心した。

本当は、雄哉が置いていったものだった。

雄哉とは、一年ほど付き合った。後半の半年は、ほぼ同棲状態だった。向こうの部屋は借りたままになっていたけれど、そこには着替えを取りに帰るくらいで、本もCDも主なものは全部持ってきていたし、実質、この1DKが二人の部屋となっていた。

一緒に住みはじめてから、ケンカが少しずつ増えた。今となっては思い出せないくらい、ささいなことが原因で。

お互いの部屋がないことが、ストレスやケンカにつながっているのではないかと考え、本格的な二人暮らしを提案した。雄哉の借りている部屋を引き払い、その分の家賃を回せば、問題ないことだと思った。

けれど、あっさりと賛同してもらえると思ったその考えは、雄哉に、今のままでいいよ、と即座に却下された。

一旦はわかったふりをしたものの、心のどこかでは納得できず、その後もしばしば、引っ越しについて話した。雄哉が反対すればするほど、わたしも意固地になっていった。

結局は、そのことが別れの原因となった。雄哉は最後まで引っ越しに同意せず、しつこい、引っ越さなきゃいけないくらいならもう別れる、と言い、売り言葉に買い言葉で、だったらすぐ出て行ってよ、と言い返した。

そして二ヶ月前、彼は家を出た。

荷物はほとんど持っていっていたし、わずかに残っていたものも宅配便で送った。けれど『キッチン』には気づかなかった。気づいてから、これも送るべきかと思ったのだが、なんとなくそのままにしておいたのだ。

終電の時刻が近づいていることに気づいて、帰る準備をしはじめた茜が、思いついたように言った。

「あ、ねえ、本借りちゃだめ?」

茜が手にしていたのは、『キッチン』だった。それも、ぼろぼろの方の。

「そっちはだめ!」

思ったよりも強い声が出て、茜は驚いた様子を見せた。慌ててフォローする。

「そっち、汚れちゃってるから。こっちを持っていきなよ」

何か言いたげな様子の茜に、押し付けるように、綺麗な方の『キッチン』を渡す。茜同様に、わたしもまた、驚いていた。

ぼろぼろの方は、雄哉のもの。綺麗な方は、わたしのものだった。もうすっかり忘れかけているはずの雄哉への思いが、まだ断ち切れずにいることに、どこかで彼に執着していることに、今、気づいた。

忘れようとしているうちは
まだ忘れられずにいるってことなのだろう

酢豚

　酔っていたのだと思う。いや、思うなんていう言葉は当てはまらない。わたしは酔っていたのだ。確実に。それも相当。

　ぼんやり痛む頭と、いつもより重たく感じられる体。ベッドから台所までの、たかだか数メートルの距離をゆっくりと歩いて、冷蔵庫からミネラルウォーターを取り出す。冷たい水が喉から体に伝わっていくと、ほんの少し落ちついた気がした。昨夜のことを思い出そうとしてみる。が、うまくいかない。

　はっきり思い出せるシーンもあるにはあった。タカサキさんに絡んだこと、それを見ている周囲の友人たちの苦笑を浮かべた表情。そして、タカサキさんと行ったバーでは、水やお茶しか飲ませてもらえなかったこと。

しかし重要なところが思い出せない。なんで初対面のタカサキさんに、そんなにも絡んでいたのか。そのくせ、なぜ二人で飲みに行くこととなったのか。そして家にはどうやって帰ってきたのか。


考えあぐねて、菜穂子に電話する。すぐに出てくれた彼女の声に、わたしは説明を求めた。昨日のことを全然思い出せないんだけど。

飲みすぎだよ、といさめながらも、菜穂子は昨夜のことを丁寧に話してくれた。お礼を言って電話を切る。そのままベッドに倒れ込んで、深いため息をついた。

菜穂子の話ではっきりと思い出した。わたしがタカサキさんに絡んだのは、彼が酢豚にパイナップルは入っていた方がいいという意見の持ち主だったからだ。

どうでもいい。実にどうでもいい。

なのになんでそこまで絡んでいたのか、酔っていない頭で考えると、わかる。

明らかに飲みすぎていたことも、もちろん原因の一つだけれど、元彼が全く同じことを言っていたからだ。元彼のことを思い出して、その苛立ちをぶつけてしまったのである。いい大人がすることではない。

さらに菜穂子によると、わたしはずっとその話題にこだわり、二次会後、帰宅しようとするタカサキさんをつかまえ、今から酢豚を作るから家に来て！　パイナップルはいらないことを証明する！　と大声で騒ぎ、半ば無理やりタカサキさんを連れていったのだという。

しかし大人のタカサキさんは、とりあえずバーに連れていき、そこで落ちつかせようとしてくれたのだろう。さらに帰りには、いまだ酔っぱらうわたしをわざわざタクシーにまで乗せてくれて。

恥ずかしすぎる。とりあえず、すべきことは何かと考えて、わたしはバッグをあさり始めた。みんなで交換した電話番号とアドレスが書かれている紙切れを取り出す。

《酒井です。昨日はおつかれさまでした。大変ご迷惑をおかけしてしまって、ごめんなさい。記憶があいまいなのですが、かなり失礼な言動をとっていたと思います。本当にごめんなさい。ありがとうございました。》

直しながら打ったメールに返信が来たのは、数時間後のことだった。もう何を言われても仕方ないと、覚悟しつつもびくびくと開いたメールは、意外な内容だった。

《確かに迷惑もかけられたけど（笑）、おもしろい夜でした。今度、酢豚ほんとにご馳走してください。》

最初よりも、さらに時間をかけてつくった返信メールを送信してから、ドキドキしている自分に気づいた。何かが始まる、かもしれない。

酢豚

話したいことがたくさん残ってる
中華料理で何が好きとか

ただいま

高橋と暮らしはじめたこと、あたしは後悔しはじめている。あたしが後悔しているのだから、高橋も同じように後悔しているのだろうと思う。やっぱり恋と生活は別なんだなと、どこかに書いてあったようなことを改めて思う。同棲をはじめて、三ヶ月が経った今。

最初の一ヶ月は、まだいろんなことをおもしろがれていた。高橋のジーンズが脱ぎ散らかされていたとする。「なんかこれ、立体的なオブジェみたいになってるよ。芸術家的ー」と笑いながら言ったのが一ヶ月目。「脱いだらちゃんと片付けてって言ってるじゃん」ときつい口調で言うのが今。

高橋に買い物を頼んだ際、似ているけど違うものを買ってきてしまったとする。「豆乳、今度から調整じゃなくて無調整にしてー。ごめんね。でもこれでもいいんだけど」と言って、キスでもするのが一ヶ月目。「減塩しょうゆじゃなくて、薄口しょうゆって言ったのに。なんで買い物ひとつロクにできないんだろ」と独り言のように言うのが今。

数え上げればきりがない。単体で見れば、細かくて、どうってことない問題だといえる。でも、チリも積もれば山となるように、高橋の行為一つひとつが積み重なって、あたしの苛立ちを大きくする。あたしの苛立ちは、二人の空気を悪くする。二人の空気が悪くなるということは、つまり生活そのものが居心地の悪いものになっているということだ。

高橋にだって言い分はあるのだろう。きっとあたしの言い分と同じくらいの。でもお互いに面と向かってはっきり言わないのは、言い出してもキリがないというだけではなくて、この生活を終わらせるような勇気はないからだ。勇気なのか、根性なのか、ずるさなのかはわからないけど。

やっぱり今日、きちんと話そう。あたしは高橋のこと好きだけど、高橋と一緒に暮らすのには疲れてきた。高橋だって、あたしと一緒にいるの、疲れてるよね？

やけに足音が響く階段を一段ずつしっかりとのぼりながら、あたしは今夜、高橋の帰宅後にやって来るであろう二人の会話の場面を想像した。高橋はなんて言うんだろう。黙ってうなずくのかな。反論するのかな。あたしたちは別れるのかな。っていうか、また新しい物件を探さなきゃいけない。貯金はいくらあるんだっけ？

部屋の前で、キーケースを取り出し、鍵をあける。ドアを開けた瞬間、「おかえりー」と高橋の声がしたので、あたしはびっくりして、一瞬凍りついてしまう。

「驚いた？　実は、午後に代休取ってたんだよね。こないだ休日出勤してた分」

なんて言おうか迷って、口を少し開いたまま、強く漂うカレーの匂いに反応して、台所の方を見る。高橋があたしの視線に気づき、さらに上機嫌な様子で続ける。

「夕食カレーだから！　お前最近疲れ気味みたいだしさ。たまには俺だって料理くらいできるってとこ見せないとな」

的外れだ。全然わかってない。でも、全然わかってないのは、あたしもだった。高橋のこと、全部わかったような気になってたけど、わかってないこと、たくさんある。まだこれから、知りたいことがたくさんある。あたしはようやく思い出したように言葉を発する。

「ただいま」

近すぎたせいで見えなくなっていた
大事なものを拾い集める

一目惚れ

恋をした。というか、今もしている。

はじめて彼を見たのは、一ヶ月ほど前のことだった。夜中に小腹がすいて、パンを買おうと思ったのだけれど、最寄りのコンビニはちょうど棚がすかすかの状態になっていて、仕方なく、次に近いコンビニまで足を延ばした。

結果からいうと、そこも棚はすかすかで、妥協に妥協を重ねた末、昔からあるようなクリームパンを買うということに落ちついたものの、レジまで来て、衝撃を受けた。

まさに、一目惚れ、だった。

黒ぶちの眼鏡、眼鏡越しの細い一重、薄めの唇、ちょっとはねたような髪、猫背気味な背中、無愛想な感じ。

心底、自分の見すぼらしい格好を後悔した。トレーナーにスウェットって。しかもスッピン。ああ、あたしのバカ。ほんとにバカ。

帰り道から、恋の悩みはスタートした。

中学時代に好きだった先輩にちょこっと似ている。年はいくつだろう。同じくらいだろうか。もしかしたらちょっと下かもしれない。年上の女は嫌いだろうか。彼女いるかなあ。あんなにかっこいいんだからいるだろうなあ。ああ、どうやったら仲良くなれるんだろう。

そして、それから一ヶ月。ほぼ毎日そこに通っている。彼のシフトもだいぶわかってきた。週四回か五回のペースで入っている。いつも深夜から朝にかけてだ。

最初は飲み物やらお菓子やらを買っていたけれど、お金もかかるし、太りそうだしで、最近は何も買わずに出ることも多い。立ち読みして、何を買おうか悩んでるふりをして、店を出る。これでは迷惑な客ではないだろうかとも思いつつ、彼に会いたいという気持ちは止められず、夜になるとドキドキしながら出かけてしまう。明日も仕事で、早く寝なきゃ肌にも悪いのに。

でも知っていることといえば、藤沢という名前くらいだ。あと、音楽ではくるりが好きらしい。これは、バイトの子と話しているのを偶然耳にした。


一度だけ、二人の友だちを連れて行った。

泊まりにきた友だちが、あたしの話を聞き、そんなにかっこいいなら見たい、と大騒ぎした結果である。

絶対に恋したりしないでね、余計なこと話さないでね、変な態度とったりしないでね、とさんざん念を押してから行った。大量に買い込んだお菓子やら飲み物やらを袋に入れてもらいながら、友だちが話しかけたりしないか心配で仕方なかったが、大丈夫だった。

帰り道、友だちの一人が言った。

「そんなにかっこいいかなあ」

続けざまにもう一人も言った。

「あたしも思った！　わりと普通じゃん！」

安心していいのか怒っていいのかわからず、好きなのはあたしなんだから関係ないじゃんという結論に持っていった。しかし、あたしにとっては完璧ともいえるような顔なのに、他の人から見るとそこまででもないというのは、複雑な気持ちでもあった。でもいいんだ。好きなんだから。

たぶんいいかげん向こうも、あたしの顔くらいは覚えているだろうけれど、ありがとうございました、とか、〜円のお返しです、とか、それ以外の言葉は聞かされてない。

話しかけるきっかけを探しながら、コンビニに通う毎日が、嫌いじゃない。

恋をしたのだから。

いちご味とオレンジ味で悩んでるふりを
しながら恋に悩んでる

三年半ぶり

先に気づいたのはこっちのほうで、多分ちょっと困ったような顔になったと思う。けれど、遅れて気づいた彼のほうが、さらに困った顔になっていた。一瞬だったけど、それが悔しかった。

「おおー、久しぶりだな」

それでも彼は、なんてことのないように、わたしにそう声をかけた。わたしも、柔らかく笑うように心がけながら、偶然だね、と言った。

「ほんとだよなあ。何年ぶりかな」

ちょうど三年半ぶり、と頭の中で素早く計算できる自分が悲しくて、ほんと何年ぶりだろうね、と言った。

「あっ、大学時代の同級生の平崎。で、こっちが」

「はじめまして、大杉です」

そう名乗った彼女は、まっすぐにこちらを見ていた。笑みを浮かべていたものの、きっとわたしと彼の関係性を、何か感じるものがあるのだろうなと察知した。気づかないふりをして、同じような挨拶を返した。

「じゃあ、また、今度みんなで飲もうよ」

「うん、ぜひ。みんなでね」

みんなで、という言い方を強調したのは、ほんの少しのいやがらせの気持ちだ。にこやかに手を振って去っていった彼らと、手を振って別れた。

また一人になって歩き出す。もう、買い物を続ける気にはなれなかった。会ってしまった。

飾りも何もない、シンプルなカットソーにジーンズ。色気のない格好をしている自分が情けなかった。パフスリーブの可愛らしいワンピースが似合っていた彼女を見たから、余計にだ。会えるとわかっていたなら、もっとしっかり化粧もしたし、洋服だって靴だって、別のものを選んだ。

ずっと、偶然でもいいから会いたいと願っていた。彼が好きそうな映画を見に行ったり、彼が通っていたお店の近くを通ったりして。あのとき会えなかった分なのだとしたら、あまりに意地悪すぎると思った。

大学時代の同級生、と彼はわたしのことを紹介した。それは嘘じゃないけれど、そんな言葉で片づけられるような関係性じゃなかったはずなのに。そのことを、彼は充分知っているはずなのに。

別れ方は最悪だった。わたしは泣きわめき、彼も少し泣いていた。このまま一緒に消えることができるのなら、そのほうがずっといいと思った。

最初の一瞬困り顔を浮かべたものの、彼は終始笑顔だったし、わたしもきっとそうできていた。時間が経ったからだ。あんなに傷つけ合ったあとで、それでも時間が流れて、わたしたちは笑って手を振り合える。

もっともっと時間が経てば、こんなことも思わないくらいになるのだろうか。もう本当に、困った顔を浮かべることもなく、思い出すこともなく、苦しくなることもなく。

だとすれば、早く時間が経てばいい。けれど、そんなふうになってしまうのは悲しい。悲しいと思わなくなることは悲しい。わたしは、痛みを治したいのか、強く残したままでいたいのか、わからなくなる。

幸せになってほしいと思ってる気持ちは
嘘じゃないけど
だけど

桜の季節

天気のいい休日だ。

なかなかベッドから出そうにない彼に、近くの公園に桜を見に行こうよ、と誘いをかけたが、断られた。昨日の徹夜仕事で疲れているのだという。

つまらない、と思いながらも一人で散歩がてら出かけた。桜はちょうど満開だった。淡いピンクが、綺麗。

白のペンキもすっかりはげた古いベンチに腰かけて、少しのあいだ桜を見ていた。でもやっぱり、一人で見るより、誰かと見たかったので、改めて彼を起こして一緒に来ようと思った。

立ち上がる前にポケットに入れていた携帯をチェックすると、メールが一通届いていた。音もバイブも消していたから気づかなかったのだろう。

簡単にチェックだけ済ませようと思って見てみたメールは、昔のバイト仲間からのものだった。瀬戸原さんが転勤するのだということが書かれていた。転勤先も書かれていたけれど、わたしの知らない地名だった。

もう関係のない話だ、と思いつつも、返信メールを打つ指がかすかに震えた。少し寒いせいだろうと言い訳しようとしてみても、今日はあたたかくて、羽織ってきたカーディガンが、少し暑いくらいだ。

瀬戸原さんのことは、昔好きだった。もうしばらく会っていない。わたしが就職してからは、まったくだ。だから別に、関係ないといえば、ほんとに関係ない話なのだ。知らない町に転勤になろうと、今となんにも変わりはしない。会わないいままの状態が、ずうっと続くというだけで。会わない、のか、会えない、のかわからないけど。どっちでも変わりはないという気さえしてしまう。

付き合っていたわけではない。バイト以外では、ほとんど会うこともなかった。何人かで一緒にごはんを食べに行ったり、誰かの家で遊んだりしたことはあるけど、そんなことが何回くらいあったか、どこのお店に行ったのかも、思い出せない。何を食べたのか、おいしかったのかおいしくなかったのかも。そのときどんな気持ちだったのかも。

瀬戸原さんがカラオケで福山雅治を歌っていたこととか、誰かの家でやったゲーム対決ではわたしが勝ったこととか、かすかに覚えていることはあるけど、それだって、さして重要な思い出じゃない。明日忘れてしまっても、構わない。

すごくすごく好きだ。

そう思ったことがあるのは確かだけど、今はもう、そんなふうな思い出し方しかできないことに気づく。好きだった、ではなく、好きだった時期がある、としか。

バイト仲間たちに相談するほど好きだった。シフトが重なっているだけで嬉しかった。ふざけて頭に触られただけで、ドキドキして仕方なかった。不思議だ。あんなに好きだったのに。もうこの人しかいない、と本気で思ったのに。今のわたしは、瀬戸原さんの顔を思い出すのにも、時間がかかってしまう。

返信をしようと思って、打ちはじめた文章は、結局止まってしまい、わたしは携帯を閉じて立ち上がる。起こしに帰ろう。いつかこんなふうに、思い出になってしまうかもしれない人を。

来年もかどうかはわからないけれど
今はあなたと桜を見たい

綺麗なだけ

好きな人がいるけれど、その人がわたしと付き合うことはなさそうだ。

どうして好きなのかはわからない。おもしろいからとか、博識だからとか、さりげない優しさを持っているからとか、それっぽい理由ならいくつでも挙げられるけれど、どれも本当であって本当ではない。結局のところ、好きなんていう気持ちは、理屈じゃ説明できないものなのだから。

清水さんと最後に会ったのは、一週間前の飲み会だ。いつもはもっと大人数なのだけれど、その日はたまたま、全部で六人しか集まらなかった。さらにたまたま、わたしの席は清水さんの隣だった。

片ひじをついて日本酒を飲んでいる清水さんは、かっこよくってドキドキした。食べ物の好き嫌いとか、行ったことのある都道府県とか、どうでもいいといえばどうでもいい話をしながらも、ドキドキして仕方なかった。ときどき清水さんの膝とわたしの膝が触れる瞬間があって、そのたびに、顔が熱くなっていくような気がした。

四国の話をしているときに、バッグに入っている清水さんの携帯が、何度か振動して、止まった。少ししてから、また振動して、止まった。たぶん電話だ。清水さんは、バッグの方をチラッと見て、また顔を戻した。

「電話、大丈夫なんですか」

「まあいいよ」

「彼女ですか?」

ふざけた感じで聞こうとしたのに、少しだけ声が緊張した。そのことが清水さんにばれませんようにと思った。

「うん、まあ、うーん」

ちゃかすべきかもしれないと思ったけど、うまくできなかった。単純にショックを受けたからだ。結局その話題はそこで終わった。

飲み会が終わってから、わたしは清水さんと親しい人に、それとなくたずねた。

「清水さんって、彼女できたんですね」

「え、できてないよ。あいつ恋愛はめんどくさいって言ってるからね」

飲み会のときよりも、さらにショックを受けた。元々わかりやすいと言われるわたしのことだ。多分清水さんは、わたしの気持ちに気づいていたのだろうと思う。遠まわしに拒否したのだ。清水さんのそんな態度よりも、そんな態度を取らせた自分が、イヤだと思った。

数日後、別の飲み会で、清水さんと昔付き合っていたという女性と会った。わたしが清水さんを好きだということを知っている唯一の友だちが、こっそり教えてくれた。

その人と話したときに、さりげなく清水さんの話をしてみた。彼女の反応は、予想外のものだった。

「あーあいつ、ほんと最悪だから気をつけたほうがいいよ！　外づらはいいんだけど、すんごい自己中なの。もう二度と会いたくない」

驚いたけれど、嘘ではないんだろうな、と彼女の言い方から思った。心から嫌っている様子だった。

それでも、彼女のことをうらやましいと思った。清水さんと付き合えたのだから。わたしはまだ、清水さんのいいところしか見ていないし、きっとこれからも、そこしか見せてもらえないだろう。綺麗なだけの片思いだ。綺麗なだけなんだからいいなんて、ちっとも思えない。くやしいけど、清水さんのことが好きだ。

思いきり傷つけられてみたかった
それが幸せといえなくっても

からっぽの部屋

立会いは四時からと言われていたのに、四時半を過ぎても、大家と不動産屋が現れる様子はなくて、わたしと治は、途方に暮れかけている。もうなにもない部屋で、この部屋こんなに広かったんだねえと、二人して何度でも驚きあってしまう。

大きな窓から差しこむ光が、床にわけのわからない模様をつくりだしている。黄ばんだレースのカーテンがかかっているが、まぶしさはかなりのもので、目を細めずにはいられなくなる。

「Tって感じだな」

突然、治がそう言い出したので、「はぁ?」と聞き返すと、ほら今の二人の体勢、と言うので、納得する。確かに上から見たなら、横たわる治と、彼の頭のほうで垂直に横たわるわたしは、Tの字に見えることだろう。かなりいびつだろうけれど。

にしても、フローリングに横たわりつづけるのは痛い。姿勢を変えようかと思って、もぞもぞ動いていると、右手が治の頭に当たってしまった。

「痛っ」

「あ、ごめん、ごめんね」

当たり前のように、ぶつかった部分をなでてあげたが、ああそうか、もう別れたのだと気づいて、慌てて手を離した。治も同じタイミングで、気まずくなっていることに気づいた。そんなことをわかってしまう程度には、わたしたちは一緒にいたし、好き合ってもいた。

「最後に、寝ておこうか?」

治がそう言い、わたしは笑う。

「おこうかって、何、それ。そんな、買いだめとかじゃないんだから」

それもそうだな、と治も笑うが、彼が本気ではないことはわかっている。実際、治はわたしに「好きな子ができた」ことを告げてから、一度もわたしと寝ていない。シングルベッドに二人で眠っていたため、くっつくことは余儀なくされていたが、それだけだった。律儀とでも言うべきなのか。

「そっちの部屋は、もう片付いたの？」

治に話しかけられて、わたしは回想を止める。前を見なければいけない。前だけを。

「まだまだだよ。りっちゃんが電化製品とか受け取ってくれてるはずだけど」

「うわー、あいつ『面倒くさいからやっぱ帰ろう』とか言い出して帰ってるよ、今頃」

「……ありえそうで怖いわ」

笑い合うわたしたちは、まるで別れてなんかいないみたいで、今までの仲のよかった頃みたいで、苦しくなる。

治の部屋の方はどうなのと言いかけて、やめた。あてつけみたいになってしまうかもと思ったからだ。治は、ひとまず好きな子の部屋に行って、そのうちにゆっくり部屋を探すつもりだと言っていた。別に探さないで、そのまま住みつけばいいじゃんと思ったけど、実際彼も、本当のところはそうするつもりなのかもしれない。

「なんか俺、このまま眠っちゃいそう」

じゃあ眠っちゃいなよ、と言ってしまいたかった。眠っているすきに、どこかに連れ去ってしまいたかった。誰も知らない、遠くの街にでも。

わたしの想像をさえぎるように、ドアチャイムが鳴る。大家と不動産屋だろう。わたしたちは急いで起きあがり、顔を見合わせて玄関まで向かう。これが現実だ。

わたしは今日、この部屋とも治ともお別れをする。

窓からの光がまぶしいせいにする
うまく前へと進めないのは

コーヒー

　後輩の女の子に呼び出された。

「誰々さんもあなたのことをこう言っている」などとののしられるのは、怖くもつらくもない。しかし泣き出されてしまったのには参った。もうぬるくなりはじめているコーヒーを口に含んで、どうしようか考えた。

　考えていると、泣いている後輩が顔を上げて、キッとこっちをにらんできて、「わたしのつらさなんて、結局斉藤さんにはわからないですよねっ」と言い放ったので、さらに参った。そりゃあそうだよわかんないよ、と言ってやりたかった。

　はあ、めんどくさい。

コーヒーのお代わりを持ってきたウェイトレスに、好奇心むきだしの眼差しを向けられながら、勤務外手当て欲しいなあ、なんて考えている。この子は、いつまで泣くんだろう。

わたしには好きな人がいない。もっと正確に言うなら、今までに一度として、誰かを好きになったことがない。この場合の好きというのは、恋愛感情、ということだ。

なんとなく告白されて、別に嫌いでもないので付き合い、そのうち向こうが、結局君は僕のことを考えてくれてない、などと言い出し別れる、というのが、今までの恋愛におけるお決まりのパターンだった。そして、そんなふうにふられてしまうことを、わたしは悲しいともなんとも思わなかった。少しは寂しく思ったこともあるけれど、すぐに忘れてしまったり、別の何かで埋めてしまうことのできるものだった。

中学生や高校生のときは、周囲に同じような友だちがたくさんいた。好きっていったいどういうことなんだろうね、という答えの出ないテーマで、飽きもせずいくらでもしゃべりつづけることができた。

けれど、年を重ねるごとに、他の子たちには、「本当に好きになった」人ができていった。近いうち美香にもそういう人ができるよと一様に言われ、自分でもそうなんだろうと思っていたが、結局同じことを繰り返すだけだった。別れ方が多少異なるくらいで、最後まで特別な感情を意識できることはなかった。

最近はもう、適当に遊ぶことにしている。後くされのなさそうな、面倒くさくない人を選び、一緒にお酒を飲んだり、寝たりする。会いたいときに連絡を取って会う。呼ばれて行きたければ行くし、気乗りしなければ行かない。俺のこと好き？　なんて聞いてくる男とは、もうそれっきり会わない。男の人たちはみんな優しいし、いなくなればまた別の人を探せばいい。幸い顔立ちには多少の自信があったし、適当に遊ぶ相手を探している女というのは、向こうにとっても好条件らしく、今まで相手に不自由したことはない。

なので、それで充分だった。だけどごくごくたまに、こういうことが起きる。こういうことというのは、好きな男に手を出されたくやしさから、女に呼び出されて、あらゆる種類の罵詈《ばり》雑言《ぞうごん》を並べ立てられたり、ひどいときには手まで出されそうになるということ。


目の前で泣いている後輩に、なにも言えないまま、コーヒーを飲みつづける。

ああ、本当に面倒くさい。誰かを好きになるなんて、わたしはまっぴらごめんだ。そんな面倒くさい感情、一生知らなくていい。

そう考えている一方で、情けなく泣くほど誰かを好きになれるこの子は、もしかしたらわたしよりずっと幸せなのかもな、なんて思いが頭をよぎる。コーヒーの苦味が口に残る。

厄介で面倒くさくてうらやましい
誰かを好きでいるということ

沈黙

佐和子はさっきから黙りこんでいる。俺もまた黙りこんでいる。はた目には同じような沈黙に見えるかもしれないが、それは全く違う。アメフトとラグビーくらい違う。

佐和子の沈黙は、俺を攻撃するためのものであるし、俺の沈黙は、佐和子の攻撃をなんとか回避しようとするためのものである。

沈黙に耐えかねたのは、向こうだった。

「……なんか言うこと、ないの？」

そう言われても困る。そう言ってやりたかったが、事態の悪化を招くことは目に見えていたので、俺はまたも黙る。しかしこの沈黙も、事態の好転につながらないことはわかっていた。

そもそも佐和子は怒りっぽいと思う。俺が「洗っておくよ」と言ったまま、流しの食器をそのままにしていたことは、そんなにもいけないことなのだろうか。実際忘れていたわけだし、そりゃあ申し訳ないなと思う気持ちもある。しかしそんなのは、「忘れないで洗ってよー」と言ってくれればいいだけのことではないのか。なぜそれが、「あんたはいつだって口ばっかりだ」とか「そんなふうに世の中を渡っていけると思ったら大間違いだ」とか、果ては半年前の軽い浮気のことにまで発展してしまうのかわからない。あれはもう終わった話ではなかったのだろうか？

「甘えちゃってるな、俺」

俺はおそるおそる言った。果たしてこの言葉は事態を悪化させるのか、好転させるのか。佐和子の表情を確かめる。口元が少しだけ動く。悪くない、はずだ。

「佐和子が一緒にいてくれることに、甘えちゃってるんだと思う。……ごめんな」

これで一件落着だ、と思った俺の読みは、見事にはずれた。

「ごめんっていえばいいと思ってるの？」

まずい。失敗だ。このタイミングではなかったのか。

またひとしきり佐和子の攻撃が始まる。沈黙ではない。雄弁な攻撃だ。ごめんっていうことは誰にだってできる、そんなので済むと思っているのが、なによりの甘えということではないのか、うんぬん。俺はまた、黙るしかなくなってしまう。

佐和子は目にうっすら涙まで浮かべて、俺にあらゆる言葉を投げつけてくる。たかがお皿洗い一つで、どうして涙まで出てくるんだよ、落ちつけよ、と思うが、やはり口には出さない。女の怒りは台風のようなものだから、じっと過ぎ去るのを待つしかないのだ。これは、今までの恋愛経験で学んだことの一つだ。

俺にだって言いたいことはたくさんある。もう過ぎた話をいつまでも引っ張るのはいいかげんやめろよとか、論理的におかしいんじゃないかとか。相手の気に入らないところは、こっちにもあるのだ。酒癖の悪さとか、ちょっとした浪費癖とか、人の話を聞いてないことが多いとか。

けれど言わないのは、やっぱり佐和子のことが好きだからなんだと思う。あるいは、うざいのや面倒くさいのを回避しているだけなのだという気もするけれど。でもそれは、みんな同じことじゃないのか。誰だって、楽しくやっていきたいはずだ。

ひとしきり言いたいことを言ったらしい佐和子は、また黙って、こっちをにらむ。俺は、次の言葉を探しはじめる。今度こそ、事態を好転させるものを選ばなければ。

逃げたくて黙ってるのか
好きだから黙ってるのか
わからなくなる

距離感

　貴くんに初めて会ったのは、有美に連れられて行った焼き鳥屋でのことだ。有美の友だちが経営しているという、その小さなお店のカウンターに、彼は座っていた。男友だちと一緒に、ビールを飲みながら、砂肝の味噌煮込みか何かをつまんでいた。

　一つ離れた席に座って、飲みはじめたわたしたちに声をかけてきたのが、貴くんだったのか、貴くんの友だちだったのか、もう思い出せない。あるいは、カウンターの中の店長を介して、会話がはじまったのかもしれない。

　はっきりと思い出せるのは、別れ際のことだ。

サッカー話ですっかり盛り上がっていた有美と貴くんの友だちは、どちらからともなく携帯を取り出し、連絡先を交換していた。有美の隣に、なんとなくぼうっと突っ立っていたわたしと、同じように友だちの横にぼうっと突っ立っていた貴くんの目が合った。

「俺たちも、交換、する？」

心からそれを望んでいるのではなくて、とりあえず言ってみているのだなということがわかるような言い方だった。けれど、決して不快な感じではなかった。ああ、今わたしとこの人はおんなじような気持ちになってるんだろうなあ、と思った。

それから、数回一緒にお酒を飲んだ。

貴くんは不思議な感じのする人だった。口数はそう多くない。話を聞くのが上手で、わたしはいつも余計なことまで話しすぎてしまう自分に気づく。大学生だというけれど、そういう雰囲気ではなくて、かといってサラリーマンというのも似合わず、やっぱりとらえどころがない。決して冷たいわけではないのに、近くにいても遠い感じがする。何度会っても、距離感がつかみかねた。

貴くんとは、一度だけ寝た。三回目に、一緒にお酒を飲んだときのことだ。終電を逃した貴くんに、うちに来るかと聞いたら、うんとうなずいて、来た。それで、うちで一緒にお酒を飲んで、そういうふうになった。

寝たのは、自然な流れというより、あのときとおんなじような印象を受けた。あのときというのは、わたしたちが連絡先を交換したとき。どうしてもそうしたかったということではなく、なんとなく、そうしておいた方がいいのではないかな、という空気。どちらの意思というわけでもなくて、雰囲気だ。

貴くんの触れ方はとても優しくて、実を言うとわたしは、また寝たいと思った。でもそうはなっていない。今もときどき一緒にお酒を飲んでいるけれど、その夜のことはなかったかのようになっているし、わたしからも何も言っていない。

寝た後でも、わたしたちの距離は全く変わっていない。むしろ遠くなった気さえしてしまう。彼はきっと柔らかく笑って否定するだろうけど。

ほんとうは、貴くんに近づきたいと思っている。誰よりも。けれどそんな素振りを見せないのは、わたしが年上だからとか、会ってまもないからとか、そんなくだらない理由じゃない。貴くんの周囲には、誰も寄せつけない空気みたいなものが張り詰めているようにわたしには思える。だからいつも、踏み出した足を、止めるしかない。

《今週だといつが暇?》って打ったメールは、悩んでから、やっぱり消した。

強がりに気づいてほしい気もするし
絶対気づかれたくない気もする

非・寿

郵便受けには、デパートや美容室からのダイレクトメール、引っ越し業者のチラシ、なんかにまざって、白い封筒が入っていた。

寿と書かれた金のシールで、内容は即座に判断できた。またか。今度は誰だ。部屋へ続く階段をのぼりながら、封筒の差出人を確認する。母の妹の娘、つまりいとこの咲ちゃんだということに気づくのに、少しだけ時間がかかった。

うっすらと崩れはじめているメイクを落としながら、年末年始に帰省したときのことを思い出した。確かに母が、いとこの咲ちゃんが結婚することになってどうのこうの、という話をしていた。面倒くさいので、適当に、うんうんと受け流していたのだけれど。

部屋着に着替えて、ベッドに横たわる。ソファにもなるのが売りのこのベッドを、そういえばしばらくソファにはしていないということが一瞬頭をよぎるが、すぐに消える。もういろいろどうでもいいや。今はここから一歩も動きたくない。

結婚かあ。結婚ねえ。

まったく考えられないとか、絶対に結婚なんてしないと思っていたとかいうわけではなかった。まだ早いな、今じゃないな、と思っているうちに、三十四歳になった。プロポーズをしてくれていた、わたし自身も結婚するつもりでいた恋人とは、数年前に別れた。それ以来、誰かと真剣に付き合ったりはしていない。遊んだことなら、何度かあるけれど。

あのとき、彼のプロポーズを即座に受けていたなら、と今でもときどき考えることがある。もちろん、考えたって無意味だ。それに、選ばなかった道が、今自分のいる場所よりも幸せだなんて、誰にもわかるわけがない。

わたしはこのまま、一生独身のままでいるんだろうか、と考えることもある。まあそれならそれでいいか、と思うこともあれば、絶対にそんなのはイヤだ、今すぐにでも誰か紹介してもらわなければ、と思うこともある。たぶん、うまく想像できていないのだと思う。一生独身でいるということの幸福さについても、不幸さについても。

たとえば保育園時代。わたしが、「あの男の子と結婚するのー」と毎日のように言っていたことを、いまだに母は憶えている。言ったわたしはとっくに忘れているのに。「結婚したい男の子が毎日変わるのがおもしろかったのよねえ」と母は言う。

たとえば中学時代。友だちと集まっては、自分の将来の夢を話した。結婚はするけど、普通の主婦とか、普通のＯＬっていうのはやだよねえ、と誰かが言い、みんなが同意した。自分はなんにでもなれるようなつもりでいたのだ、みんな。

たとえば短大時代。誰が最初に結婚するんだろうね、というのが、飲み会でよくあがるテーマだった。一番結婚しなさそうと言われていた裕子は既に三児の母で、早く結婚しそうと言われていたわたしは、今も独身だ。

結婚の話題はいつも身近にあった。手を伸ばせば簡単につかめるものだと思って信じてやまなかった。けれどこれはもしかしたら、近くに見えているだけで、本当は透明な壁にでも守られていて、壁を壊さない限り、触れることなんてできないのかもしれない。

考えるのに疲れはじめたわたしは、ベッドに仰向けになったまま、目を閉じる。咲ちゃんの結婚式の出欠をどうしようか、ぼんやりと考えながら。

非・寿

教室に
一人で残っているときの
心細さを思い出してる

地下鉄に乗って

二十七歳って、もっと大人だと思ってた。

隣に座る彼に言いかけてやめたのは、きっとこの人だって同じように思っているだろうと気づいたからだ。この人だけじゃない。向かいに座っている、多分うちのお父さんくらいの年齢の男の人も、共通の知人の話を大声でしている女の人たちも、この車両にいる人みんな、そんなふうに思っている。

車内を一通り見渡したあと、イヤホンから流れる曲に意識を移した。彼の好きな、わたしが知らなかったミュージシャンの曲。イヤホンはそれぞれ、わたしの左耳と彼の右耳にはめられている。彼はもっと大きな音量で聴きたいらしく、よく文句を言うけれど、イヤホンから音楽が周囲にもれることを、とてもいやがるわたしに結局は譲歩している。

この先カーブのため、電車が揺れるおそれがありますご注意ください、という気のないアナウンスのあと、本当に電車が揺れる。彼の表情を確かめると、目を閉じていた。眠っているわけではなさそうだけれど。

曲が切り替わる。耳に入ってきたのは、とても懐かしい曲だった。五年前のわたしが、毎日のように、当時の恋人と聴いていたもの。当時の恋人の部屋、家の近所、二人でよく行った場所の風景や、交わした会話が頭の中に浮かぶ。思い出そうとしたのではなく、自動的に。

「これ、懐かしいな」

ずっと黙っていた彼が、突然そう言ったので、驚いた。横を見るが、相変わらず目は閉じたままだ。

「うん」

短く答えてから、この人はこの曲を、どんな場所で聴いていたんだろうな、と思った。当時の恋人の話を、彼にしたことはない。

こんなふうに同じ電車に乗って、隣に座って、同じ景色を見ながら、同じ曲を聞いて、同じ場所に向かいながら、それでもまるで違うことを考えている。寂しいというより、おもしろいことだと思った。十年前や五年前なら、思えなかったことだ。

わたしたちはこれから、彼の実家に行く。話があると伝えてあるので、勘づいているだろう、というようなことを彼は言っていたけれど、それでもやっぱり彼のお母さんは、結婚するという話を聞いたら驚く顔を見せるだろう。何度か会った彼女の顔を頭で思い浮かべてみる。

結婚はゴールじゃないというフレーズを、何度も目にしたことはあるけれど、結婚が具体的になってくるまでは、実感できずにいた。ようやくわかり始めているところだ。結婚することも、大人になることも、ちっとも終わりじゃない。わたしたちはいつだって途中だ。
彼の膝に、そうっと自分の左手を置いてみる。右膝を包みこむような形で。

次々と思い出になっていく景色
消したいものも愛しいものも

行ったことのないベトナム

言う。絶対に言う。

今日会うことが決まってから、強く心に決め、数日間考えつづけたせいで、わたしは既に身も心もボロボロだ。睡眠不足が積もって、肌が荒れ、ファンデーションが浮いてしまっている。さっき観た映画も、ストーリーがほとんど頭に入らなかった。映画の前に行ったカフェでは、顔ばかりが赤くなっているような気がして、確かめるために何回も指で確認していたら、飲み物を倒しかけた。

そして今。飲み物を倒さないかどうか気をつけてばかりいて、会話がなかなか噛み合っていない。余計に緊張してきて、食べ物の味すらよくわからなくなってきてしまった。

寺田さんがトイレに立ったすきに、バッグからポーチを出した。鏡でメイクをチェックするためだ。ファンデーションの浮き具合はちょっと気になるけど、マスカラも崩れていない。大丈夫。オレンジの照明が、うまくカバーしてくれているはずだ。今日のために買った、落ちにくいと評判のグロスを塗りなおして、ポーチをしまった。

戻ってきた寺田さんと、さっき観た映画の話を続けながらも、頭の中では一つのことだけが変わらずに渦巻いていた。

今日のために買ったのは、グロスだけではなかった。白の膝丈スカートもだ。汚れるイメージがあって、普段は敬遠していた白だけど、寺田さんはこういうのが好きなんじゃないかなというイメージがあった。案の定、会ってすぐに、可愛いじゃん、それ、とほめてくれたので、本当に嬉しかった。もっとも、ますます緊張してしまったのも事実なのだが。

店員が、生春巻きとパパイヤのサラダをテーブルに運んできて、会話が一旦止まる。まだ使っていないお皿を取って、彼の分のサラダを取り分ける。手元を見られているようで、少し震えた。ネイルもはげていない。大丈夫、大丈夫だ。

「おー、ありがとう」

受け取った寺田さんに笑顔を向けられて、自分がますます熱くなる気がした。慌てて自分の分のサラダも取り分けて、なにかをごまかすように口に入れる。サラダは思いのほか辛かった。

「ベトナム料理とか、キライじゃなかった?」

たずねられ、わたしはサラダを口に含んだまま、首を激しく横に振る。お酒で飲み込んでから、答えた。

「好きですよ。辛いの好きだし」

頭の悪そうな答えになってしまったかもな、と思っていると、寺田さんは、大学時代のベトナム旅行の話をしてくれた。

友だちと行って、みんな金ないから、食事はそのへんの屋台で済ませてたんだけど、安くてうまくて最高だったな。また行きたいって思ってるんだけど、やっぱ社会人になると、海外旅行はなかなか行けないもんだよね。

わたしは大学時代の寺田さんを想像してみる。わたしの知らない寺田さん。彼女はいたんだろうか。どんな子だったんだろう。どのくらい付き合っていたんだろう。

そこまで想像して、わたしは自分が、見たこともないその彼女に嫉妬しはじめていることに気づく。まるで病気みたいだ。

「飲み物追加する?」

寺田さんにメニューを渡されて、飲み物を選びながらも、わたしは一つのことを考えつづけている。好きって言おう。絶対に。

行ったこともないベトナムが好きになる
あなたの好きなものを好きになる

恋よりも

ロッカー室で手早く着替えを終えて、従業員通用口から外に出ると、小雨が降っていた。駅までの道のりを考えて、少しゆううつになりながら携帯をチェックすると、メールが届いていた。卓也からのメールは、そういえば久しぶりだ。
《昨日お前んちの近くで火事があったらしいけど大丈夫か⁉》
確かに昨夜、消防車のサイレンを聞いた気もする。そうか、そんなに近かったのか。返信は電車に乗ってからにしようと思いつつ、駅まで小走りで向かった。
卓也とは、高校のときに知り合ったので、もう十年の付き合いになる。十年。

すごい長さのようにも思える。その間ずうっと、卓也がわたしのことを好いてくれていることを考えると、ますますだ。

はじめて告白されたのは、高校二年のときだった。クラス替えで、わたしと卓也は、別々のクラスになったのだった。たまたま一緒に帰ることになったときに、告白された。一年のときから好きで、ほんとは黙っているつもりだったんだけど、クラスが違って会う機会も少なくなって寂しい、付き合ってほしい、とそんなようなことを卓也は言った。なにしろかなり昔のことなので、記憶もあやふやだ。

そしてわたしは、即座に断った。ごめんね、好きな人がいるんだよね。

不思議なことに、告白を断ってからのほうが、卓也とわたしの仲はよくなっていった。お互いに、気まずくならないようにしようと思って、ちょくちょくみんなで遊ぶ機会をつくったりしたせいかもしれない。

二度目に告白されたのは、高校卒業のときだ。卒業式の後に呼び出され、想いを伝えられた。やっぱり好きだから付き合ってほしいと卓也は言い、わたしは断った。ごめんね、卓也のことは好きだけど、恋愛にはならないと思う。

それから十年が経ち、卓也がわたしに告白してきた回数は、もはや数え切れないくらいだ。久しぶりに飲んでは、で、いつになったら俺と付き合うんだ。わたしが失恋して落ち込んでいると聞けば、じゃあ俺と付き合えばいいじゃん。周囲の友人たちも、完全にネタだと思っているほどだ。

そのくせ卓也には、たいてい彼女がいる。もう卓也の告白を受け流すのは、すっかり身についたけれど、一度だけ半分本気で怒ったことがある。

「卓也さあ、いいかげんにしなよ。冗談なのかもしれないけど、彼女が聞いたら、絶対イヤな気持ちになると思うよ」

驚いたことに、それを聞いた卓也は、わたしの怒りを上回る勢いで怒り出した。

「お前、冗談だと思ってんのかよ」

「え？」

「俺は、お前が付き合うって言うなら、今の彼女とはすぐにでも別れる覚悟で告白してる。冗談で言ったことなんか一度もない」

あのとき、驚いて黙ってしまったわたしに気づいて、また卓也はいつもの調子に戻った。それ以来、その話はしていないけれど、わたしはずっと覚えているし、卓也だって覚えていることを、わたしは知っている。

「お前のことを一番愛してるのは俺だからなあ」

卓也が時折言うその言葉を思い出して、幸福な気持ちになった。あながち嘘ともいえないかもしれないな。


駅はもう目の前だ。

思い出すだけで
あたたかくなれるなら
愛って呼んで構わないかも

テレビ

豊と暮らしはじめてから驚いたことの一つに、テレビがある。

彼ときたら、家にいる間中ずっとテレビを見ているのだ。なにしろ、家に帰って一番最初にすることが、テレビのスイッチをつけることなのだ。着替えるでも、たいてい豊より先に帰宅しているわたしを抱きしめるでも、夕食のメニューを確かめるでもなく。

最初は、きっと見たい番組があるのだろうと考えていた。しかし、様子を見ているうちに、どうも違うらしいということがわかってきた。

たとえば休日の午後。お昼ごはんを食べた後、ソファに横たわってテレビを見ている豊の目は、既に閉じている。このままお昼寝をするんだろうと思い、親切心でテレビを消すわたしを、彼はとがめる。見てるんだから消さないでよ、とすぐにでも眠りに落ちそうな声で、絶対に見ているわけはないのに。

あるいは夕食をとりながら。テレビは音楽番組を映し出している。番組が終わったときに、今のバンドの新曲いいね、などと話を振ってみるが、彼は、あー、とか、んー、とか、間の抜けた言葉を返す。その様子から、どうやら曲に真剣に聞き入っていたわけではないのだということがわかる。

普通に付き合っているとき、というのはつまり、一緒に暮らす前はどうだっただろうかと思いを馳せてみたのだが、彼がテレビをよく見る人だなんて印象はなかった。ではなぜなのかと考えて、あることに気づいた。

今までは、テレビがないところばかりで会っていたのだ。

マフィンがおいしいカフェにも、和風パスタが絶品のレストランにも、ボトルキープしている沖縄料理屋にも、テレビがなかったという、それだけのことなのだ。

加えて思い返すと、たまに行く豊の部屋では、確かにテレビがつけっぱなしになっていた。二人の話が途切れても、部屋から音が消えることはなかった。


テレビだなんて、きっと大した問題ではないのだろう。実際、何人かの友だちに、豊が、家ではずっとテレビを見ていることを悩みとして伝えたのだが、真剣な悩みというよりも、のろけに近いものとして取られてしまったようだった。さらには、あたしの彼なんて浮気していて……、などという相談が始まってしまい、テレビに関する悩みなど、どこかに置き去りにされてしまうのだった。

でも、大した問題ではない、大した問題ではないと思えば思うほど、テレビが気になって仕方ない。

夕食はなるべく一緒に食べるようにしている。食べながら、その日職場で起きた出来事や、友だちの話なんかをする。豊は相づちや質問を挟んできて、決して聞いていないわけではないことがわかる。だけど視線はいつもテレビに向けられている。

そういうとき、いつも、まるでわたしが邪魔者みたいだ、と思ってしまう。テレビと豊が一緒にいるのを邪魔しているみたいだ、と。

もちろんこれはバカげた考えだとわかっているので、誰かに話したことはない。なに言ってるんだよ、テレビにやきもちやいてるのかよ、と豊は笑うだろう。

でも、そう思うことをやめることはできない。一緒に暮らしているのに、こんなに寂しい。今日も彼は帰宅するなり、テレビの電源を入れるのだろう。

いろんなこと確かめたくて黙り込む
つけてるテレビが無駄に明るい

男友だち

失恋した。

まあよくあることといえばよくあることなんだけど、今回は結構ヘビーで困った。結婚するのではないかと思っていた。いや、すっかりするつもりだった。時間もお金もエネルギーものすごく費やした。まさか二股をかけられていようとは、夢にも思わなかった。しかもあたしが二番目だったとは。さらには本命の女との間に子どもができて結婚するとは。そんなことを申し訳なさそうに告げられようとは。

「お前はさあ、甘いんだよ」

居酒屋で打ちひしがれているあたしのことを、岡やんはいとも簡単にバッサリと斬ってくれる。

「そーんな甘い言葉ばっかり平気で言ってくるような男は、他の女にも似たようなこと言ってるってことだよ」

返す言葉もなくて、あたしはただひたすら梅酒お湯割りを口に運ぶ。はれた目は、メイクでも隠しきれていない。別に、いいけど。もうあの人がいないなら、どうでもいい。

告げられたのが金曜日だったので、まだよかった。週末は泣いて過ごした。ハッピーマンデーとやらで休みの月曜も、ハッピーではもちろんなく、やっぱり泣いて過ごした。火曜日、つまり今日からはなんとか会社に行くことができた。はれた目は戻らなかったけど、誰にもつっこまれなかった。あるいは、お昼を食べながらも、地蔵のように黙っていたあたしの様子から、みんな何かを悟ったのか。

飲みに行こうと突然声をかけて、来てくれそうな人がなかなか思いつかなかった。週末なら行ったんだけどねえ、という返事に飽きてきた頃に、岡やんのことを思い出した。

「でもさあ……好きだったんだよ」

言いながら、また泣きそうになってしまって、困った。消え入りそうになった語尾から、岡やんもあたしの様子を察して、少し困ったようになった。ちょっとだけ、沈黙。

飲みながらも、あの人のことが思い出されてしかたなかった。たとえば居酒屋の枝豆というメニューにも、梅酒にも、流れている音楽にも、そこかしこにあの人との思い出がひそんでいて、あたしを容赦なく追い込む。もうどこに行こうとも、誰といようとも、あの人のことが、消えない。

唐揚げを飲み込んでから、岡やんが口を開いた。

「なんか、きつい言い方しちゃってたかもしんないけどさ」

あたしは黙って、言葉の続きを待つ。

「でも別に、その男がお前のことを好きだったたっていうのは、嘘じゃないとは思うよ。お前がそいつに好かれてたっていうのは、ほんとのことだし、それは、ふられようと何しようと、誇りに思ってていいと思う」

岡やんが言い終えたとき、あたしの目からは、ありえないほどの勢いで涙があふれ出てきた。黙ろうとしても、声が少し出た。周囲の人たちがじろじろ見てくるのがわかったけど、どうしようもなかった。

「バカお前、俺が泣かせたと思われるだろ！」

焦った様子の岡やんを見ていたら、ますます泣けてきた。ありがとうって言いたかったけど、全然言葉になりそうになかった。

目の前で泣いてごめんね
目の前で泣くのを許してくれてありがとう

二人の男

健二から、お昼休みにメールが届いた。てっきり待ち合わせ場所の細かい指定かなんかだろうと思っていたら、違った。

《ごめん、今夜急な飲み会入った!! この埋め合わせは必ずします。ほんとごめんな。美咲に会いたかったんだけどなあ。》

え、と思わず口に出してしまい、一緒にお弁当を食べていた由利子から突っ込まれる。

「なに、彼氏?」

「デートドタキャンされた」

「あらー、かわいそうに」

かわいそうに、と言う由利子は、けれどちっともかわいそうにとは思っていない顔をしている。ちくしょう。

「新しくできたイタリアンのお店に連れてってもらうはずだったのにー」

ただっ子のように足をバタバタさせながら言うと、由利子に思いきり笑われてしまった。ますますちくしょうだ。

「じゃあ、パスタでも食べに行く？」

「由利子のおごりなら行く。だって給料日前だもん」

「……じゃあ、家で自炊してなさい」

はあ。パスタや肉料理のことを思い浮かべ、あたしはため息をついた。健二に会えるのも、久しぶりだったのに。

帰って一人でごはんなんてイヤだなあ。ほぼからっぽの自宅の冷蔵庫の中を思い出す。でも誰かと食べようにもお金ないしなあ。そこまで考えて、あ、野澤くんだ、と思った。あたしはさっき閉じたばかりの携帯を開き、急いで野澤くんへのメールを作成する。

健二とは付き合って二年半になる。特別大きなケンカもなく、幸せに過ごしている。最近は結婚の話も出るようになった。お互いの両親にも数回会っているし、たぶんこのまま結婚するんだろうな、なんて漠然と他人事《ひとごと》のように思ったりしている。

去年から、月に一回か二回会っている男がいると健二に伝えたら、いったい彼がどんな反応をするのか、あたしには見当もつかない。怒るのか黙るのか別れるのか、あるいはその全部なのか。いずれにせよ見たくない。

野澤くんとは、バーで知り合った。友だちと二人で飲んでいるときに、同じように二人で飲んでいた向こうに声をかけられた。絶対年上だと思ったのに、あたしよりも三つ年下だったので、驚いた。

った。

最初に寝たのは、酔っていたせいもあるのだと思う。でも二回目からは正気だった。

健二に特別不満があるわけではなく、普通に好きだと思えているのに、なぜ野澤くんと会ったりしてしまうのか、正直に言うとあたしにもよくわからない。さらに言うと、あたしは野澤くんのことなんて、別にさほど好きだとも思えていないのだ。

ただわかるのは、野澤くんも、それほどあたしのことを好きではないのだろうということ。「好きだよ」とか「美咲さんは可愛い」などとは言うけれど、あたしがいなくなったところで彼が受けるダメージなんて、微々たるものだ。

なのに、どうして。どうして普通に幸せなままでいられないのだろう。健二が知ったら大変なことになるのを知りながら、どうして何度も会ってしまうのだろう。

《いいよ。何時にどこ？》

野澤くんのメールを確認しながら、あたしは、由利子にも言えない秘密を嚙みしめている。

さわってはいけないものを
こっそりとさわる
子どものときからの癖

憧れ

大学時代のゼミ仲間である四人全員で集まることができたのは、とても久しぶりのことだった。幹事役である聡美が連絡を取り、卒業しても月に一回は集まろうという約束を果たそうとはしているものの、それぞれ職種もバラバラで、住んでいる場所もさほど近くはないため、どうしても来られないメンバーというのが毎回出てきてしまう。最近は、三人が集まることも難しくなっていた。

「あー、もう酔っぱらってきちゃったかも」

麻理が言う。無邪気という言葉が似合う口調で。確かに頰が赤らんでいる麻理の顔を見ながら、学生時代と何も変わらないな、と聡美は思った。

聡美は麻理に憧れていた。可愛らしく、柔らかな雰囲気の麻理を、ずっと何かに守られている存在のように感じていた。彼女が四人の中でもっとも早く結婚したことも、納得できる部分があった。そして今、彼女は、四人の中で唯一の母親でもある。今日は二歳になる子どもは、実家に預けてきたとのことだった。

「お酒、わたしはどんどん強くなる一方だよ。しょっちゅう飲まされちゃってるし」

自嘲まじりの発言をした聡美は、学生時代から亜希子の憧れだった。亜希子はあらためて、聡美を見つめる。黒のジャケットがよく似合っている。今は座っているから見えない綺麗なラインのパンツをはきこなせるのも、長身でスリムな聡美だからであって、自分には無理だと感じていた。

卒業する際に、第一希望の職種に就職できたのは、四人の中で聡美だけだった。広告っていっても、地味な仕事ばっかりだよ、と聡美は言うけれど、亜希子にとっては華やかな職業だ。

「たくさん飲めるほうが楽しそうでいいよね」

嬉しそうに言う亜希子も、頬がうっすら赤くなりつつあるようだ。亜希子の笑顔は相変わらず綺麗だな、と隣で有希は思う。

自分は亜希子にずっと憧れていたのだと、昨年亜希子の結婚式で、有希は実感した。目立つわけでも、派手なことをするわけでもない亜希子は、着実にステップアップしているように有希の目には映る。結婚を機に退職し、インテリアショップでアルバイトをしているという今の環境もうらやましい。もしも代わることができるなら、まるごと代わりたいと思っている。

「そういえばこないだ、おいしいワインバー見つけたから、今度みんなで行けたらいいな。結構値段も安いし」

そう話す有希を、麻理は見つめた。

有希は楽しそうでいいな、と麻理は思う。人生を楽しんでいるという感じがする。有希はよく、自分の仕事について、小さな会社だからいつつぶれるかわからないよ、事務職だから給料も安いし、と話すけれど、職場での人間関係は良好そうだし、同僚と旅行に出かけた話も聞いたことがある。四人の中で旅行経験が一番多いのは、海外も国内も、間違いなく有希だろう。常に彼氏もいるイメージで、どれも麻理には手の届かないものだ。

「ワインバーか。行ってみたーい」

自分の顔が熱くなっているのを感じながら、麻理は言った。

言葉にはしない思いや
言葉にはならない思いが交差していく

電車の音

岡倉さんが帰り支度をするとき、わたしはいつも寝たふりをしている。

でもわたしが寝ていないことなんて、彼には当然わかっているのだから、それは寝たふりとはいえないのかもしれない。そんなことは、どうだって、いい。

岡倉さんは、帰る間際、わたしの頭のてっぺんにキスをする。とても静かで柔らかいキスだ。とてもとても穏やかな。まるで父親が幼い娘にするような。

玄関のドアが静かに閉まり、鍵のカチャカチャという音。直後、彼が階段を下りる音が響く。

そして、二分か三分もしないうちに、電車の音が聞こえる。このときだけは、家が駅から近いことを、恨む。

駅から遠ければ遠いほど、岡倉さんはわたしの部屋を早く立ち去らなければいけないのだから、近さを恨むべきではないのだろうことはわかっている。だけど、電車の音を聞くのはつらいことだった。彼とわたしの距離を遠ざけていく合図。彼と彼の家が近付いていく合図。音は、どんどんわたしの冷静さを奪ってしまう。

電車の音が完全に消えて、わたしの眠れない夜がはじまる。


岡倉さんに、不眠のことを伝えたことはなかった。眠れなければ一晩中隣にいてくれるというのなら別だけれど、そんなことが不可能なのは、とうにわかっている。逆に、冗談まじりでも、じゃあもう来ないようにするよなんて言われたら、それこそどうしていいのかわからない。今は彼が来る日だけの不眠が、毎日のものになってしまうだろう。

台所に立って、お湯を沸かしはじめる。あたたかいミルクティーを淹れるために。換気扇の下に位置するガス台の端に置かれた灰皿には、三本の吸殻。岡倉さんが残したものだ。

わたしは自分の中から突き上げる衝動に気づきながらも、見て見ないふりをする。紅茶のことだけを考えるようにしながら、茶葉やマグカップの準備をする。

今すぐにメールをしたい。電話をかけて声を聴きたい。彼の奥さんに全部話して、彼をくださいと言いたい。社内で公認の恋人になりたい。

わたしの中の声を、わたしはあくまでも無視しつづける。落ちつこう、落ちつかなくては。とりあえず、あたたかい紅茶を飲んで、あと借りていたＤＶＤを観よう。そういえば読みかけの本もあった。大丈夫。わたしは一人でも快適に生活していけるし、充分幸せだ。

幸せなんだから、幸せなんだから、と自分に頭の中で言い聞かせているうちに、涙が出てきた。なんのための涙なのか、誰のための涙なのか、わたしにもよくわからない。

岡倉さん、とつぶやいたら、余計に涙が出てきた。目の前で沸騰しているヤカンの火を止めると、そのまま台所にしゃがみこんだ。

泣いているわたしの頭のてっぺんに、彼がキスをしてくれればいいのに。いつも帰るときにするような柔らかいキスを。

だけどわたしは一人で、深夜で、台所で、ただ泣いている。岡倉さんはもういない。電車に乗って帰ってしまった。わたしは泣きつづけることしかできない。紅茶を飲むこともできずに。岡倉さんに選んでもらうこともできずに。岡倉さんを捨てることもできずに。

真夜中の果物《フルーツ》

どうしようもなく会いたくてしかたない
夜は果てしなく長くて暗い

彼女からの電話

わたしのことを好きなのかなって思っていた男の人は、ただ単に誰に対しても愛想がよくって、ただ単によく笑顔を見せる人というだけだった。

それを知ったのは、昨日のさっつんからの電話だ。さっつんは彼と付き合うことになったのだそうだ。彼はメールで、よかったら付き合おうよ、と告白してきたのだそうだ。さっつんは幸せそうに、そのあと彼とごはんを食べに行ったことや、自宅まで送ってもらい、家の前でキスされたことなんかを細かく語ってくれた。

聞きながら、ショックを受けた。彼のことを好きになりかけていたのだと、はじめて気づかされた。ちょっといいなあ、くらいに思ってるつもりだったけど。連絡先も知ってるんだし、二人で飲みに行ったりすればよかった。電車が途中まで一緒だったんだから、もう一軒行こうって言えばよかった。あるいは、うちでお茶でもしようとか言えばよかった。もっとたくさん関われるチャンスはあったのに。いくつもの後悔が、浮かんでは消えた。

そして、あまりのショックの大きさに、勢いでさっつんの家まで向かい、果物ナイフでさっつんのことを刺してしまい、彼女は意識不明の重体、わたしは今刑務所の中だ。というのはもちろん、嘘だ。

実際のところ、何も起きてはいない。

ショックや後悔を隠しながら、おめでとう、よかったね、とオーバーなほど繰り返し喜びの言葉を発し、電話を切ってからは、たまっていた台所の洗い物を片づけ、シャワーを浴び、読みかけの推理小説を読みながら、ベッドに入った。それがわたしの昨晩の行動だ。

そして今日は、いつものように朝七時に起きて、支度をして、会社に行った。

ほんとはもっと別の選択があることは、わかっていた。さっつんを刺す、はさすがにないけど、たとえば彼にメールをしてみるとか、別の友だちに泣きながら相談してみるとか。でもどれも選べなかったし、選ばなかった。

だってもう、しょうがないから。

そういうことなのだということが、たかだか二十数年しか生きていないわたしにもわかってきたことだ。

そういうことっていうのは、自分の気になる人が、同じように自分を気にしてくれるとは限らないってこと。自分の気になる人が、自分の友だちと付き合いだしても不思議じゃないってこと。泣いたってわめいたって、自分の気になる人が手に入るってもんじゃないってこと。どんなことがあっても、幸か不幸か、明日はあるということ。日常は続くということ。

ただ、もうあの人は、わたしの知り合いというよりも、さっつんの彼という存在になるんだなと思って、ちょっとだけ泣きそうになった。いっそ号泣できればラクになるかもしれないと思ったけど、それもできそうになかった。

さっつんに、おめでとうって心から言える日はくるのかな。今はまだ、わからない。

思いきり悲しむこともできなくて
中途半端に傷ついている

話さなかったこと

ラムのチーズ焼き、プチトマトのマリネ、かぶと手羽元のスープ、ほうれん草とコーンのサラダ。

並んだ料理は、どれもとてもおいしく、文句のつけどころがないものばかりだった。

料理をあまりしない美保にも、これらが時間や手間、さらにはお金もかけて丁寧に作られていることがわかった。たとえばマリネの漬かり具合や、よくだしの出たスープ、どれを取っても、安易な妥協がなかった。

なので美保が「彩子、すごいよ！ ほんとすごい！ これならお店出せるよ！」と大げさにも聞こえてしまうかもしれないほどほめたのも、心からの気持ちだった。

だが、彩子がゆっくりと微笑んでから「料理は、努力が反映されるから、好きなんだよね」と言ったことで、ほんの少しだけ、空気に緊張感が走った。

彩子本人もそれに気づいたのか、「まあいっぱい食べてよ。デザートも用意してるんだよー。美保の好きなチーズケーキ！」と、はしゃぐような口調で言葉を重ねた。美保は、一瞬前の緊張感には気づかないふりで、これもはしゃぐように喜んでみせた。

なにには努力が反映されないと思っているのか、そして好きではないというのか、美保にもわかっていた。結婚だ。彩子は二ヶ月前、三年に及ぶ結婚生活にピリオドを打った。離婚した彩子に会うのは、美保にとって今日がはじめてだ。

いろいろ聞いてみたいことはあった。理由はなんなのとか、もう全く好きじゃないのとか、質問ならいくらでも浮かんできそうだった。だけどどれも聞けずにいたのは、あまりにも彩子の様子が普通だったからだ。落ち込んでいるわけでも、もちろん舞いあがっているわけでもなく。離婚したというのは実は嘘で、ほんとはなにも変わってないのと言われたなら、そのまま信じてしまいそうだった。

ラムの絶妙な焼き加減に感動したりしながら、美保はさりげなく部屋の様子を見渡した。まだ封を開けていないような段ボールが部屋の奥に積まれたりはしているものの、趣味のいい北欧製と思われる家具や、可愛さとシンプルさのバランスが取れている小物なんかが置かれている1DKの部屋は、まぎれもなく彩子一人のための空間だった。彩子が結婚生活を送っていた、あのマンションとは、確かに別物だった。広さとか、そういったことを抜きにしても。

部屋の様子を観察するうちに、彩子の感情は、彩子にしか理解しえないものなのだという気がした。当然といえば当然だけれど。

一方、彩子は彩子で、美保に話すべきかどうかを考えあぐねていた。離婚にいたった理由、経過、条件。話すことはいくらでもありそうだった。

だけど、と彩子は思う（だけど、話すことなんてできるのだろうか。私自身ですら、自分でわかっているかどうか不確かだというのに。さらに、美保は独身なのだ。結婚生活の不可解さを、奇妙さを、いったいどうして伝えられることができるだろう？）。

それぞれの思惑を抱えたまま、彩子も美保も、料理を食べ、他愛もない会話を続けていく。食後にコーヒーと一緒に出すつもりのベークドチーズケーキは、彩子の自信作だ。

努力を重ねた末においしく出来上がったケーキを食べる喜びは、彩子にとって、確かに結婚生活での喜びとは、異なるものだった。

わかりあうことはできない
同じものを
見たり食べたり
聞いたりしても

カシスオレンジ

郵便局に行く途中、昔好きだった人と、偶然、ほんとうに偶然、再会した。最後に会ってから、二年半ぶりだ。国村さんは、あまり変わっていなかった。今二十八歳のはずだ。

会社の制服を着て、黒のサンダルをはいているわたしを、上から下までゆっくりと見てから、国村さんは言った。

「それ、ＯＬコスプレ？」

わたしは笑った。同じように、上から下までゆっくりと国村さんのことを見た。柄シャツも、ジーンズも、相変わらずスリムなシルエットだ。パーマをかけている、男の人にしては少し長めの髪も、なつかしい。そしてわたしも、言い返した。

「それ、美容師コスプレ？」

国村さんは微笑み、それから名刺をくれた。携帯の番号とメールアドレスが書かれている。

「メールしてよ。今度飲もう。今は、すぐそこの美容室で働いてるんだよね」

国村さんが指さした先には、確かに美容室が入ったビルがあった。手を振って別れてからも、顔が少しにやけてしまい、困った。


彼のことを好きだったのは、大学時代のことだ。彼会いたさに、必要のないカットやカラーリングを繰り返したり、あるいはシャンプーやトリートメントだけをしてもらいに、半月に一度は彼の勤める美容室に通っていた。

同じ美容室に通っていて、別の美容師さんと付き合っていたわたしの友人の協力もあって、メール交換できる仲にはなった。ときどきは、その友人カップルと、国村さんと、四人で飲みに行ったりもした。

でも、そこから進むことができなかった。

頭の中で何度も、告白をシミュレーションした。卒業までには言おう、と誓っていた。

実際に二人きりの食事に誘ったのは、卒業式数日前のことだ。推敲《すいこう》を重ねたメールを送った。彼の返事は、ノーだった。「卒業式ラッシュで死にそうになってます……。ごめん、また誘ってください！」という返信だった。また誘うような勇気は、最初のメールで、使い果たしてしまっていた。

そのまま卒業したわたしは、就職にともなって引っ越したので、美容室も変えてしまった。携帯を変更したときに、彼に送ったメールは、もう使われていないアドレスだということで、戻ってきた。


再会を果たしてから二週間ほどして、わたしたちは居酒屋にいた。

お互いの近況報告などをしているうちに、国村さんの今の職場の話になり、彼は人間関係のグチを語り出した。最初は丁寧に聞いていたのだけれど、あまりにつづくので、ちょっと気が滅入《めい》ってきてしまった。

こんな人だったっけ。

好きだった頃は、落ちついた大人に思えていたけれど、目の前でだらしなく酔っぱらう国村さんに、そんな雰囲気はかけらもなかった。

早く帰りたいなと思いながら、適当な相づちを打ち、ビールを飲みつづけた。国村さんが、グチの合間に、わたしとビールを見比べて、言った。

「ビール飲めるようになったんだね」

言われてわたしは、大学時代、自分が甘いお酒しか飲めなかったことや、四人で飲むときに、いつもカシスオレンジばかり頼んで、笑われていたことを思い出した。

もうあの頃のわたしはいないのだ。そして、同じように、あの頃のわたしが好きだった国村さんももう、どこにもいないのだった。

確実に時間は流れ
あの頃の君の知らない大人になった

あたしの好きな男

「お前もう、いいかげんにやめといたほうがいいんじゃないの？」

真一郎の言葉が、きっかけになった。それまで、三人ずつくらいで、それぞれ別々の話をしていたはずのみんなが、一気にあたしのほうを向いた。

そうだよ唯、経済力は絶対必要だよ。そいつ他に女いたりするかもよ。彼はさあ、就職したりとかする気はないの？　唯はひっかかりやすいからなー。付き合ってどのくらいになるんだっけ？　借金とかはないのー？

次々と向けられる質問や忠告を、あたしは聞こえないふりする。あいまいに笑って、もうすっかり氷で薄くなったはちみつ柚子サワーを飲む。

「まああたしの話はいいじゃんよー」

笑いながら明るく言ったけど、もちろん聞いてはもらえなかった。あたし抜きで、コウちゃんの悪い点を挙げつらねては、すぐにでも別れるべきだという話を盛り上げていく。

ああ、コウちゃんに会いたい。

離れていても、こんなに好きだと思うし、会ったら余計に愛しくて仕方なくなる。こんなに人を好きになれるなんて、と昔売れた曲の歌詞みたいなことを、しみじみと実感する。こうして久しぶりに大学の仲間たちと飲んでいても、あたしはコウちゃんのことばかり考えてしまうのだ。コウちゃんなら最初に何を飲むかなあ。アボカドと豆腐は合うんだな、今度コウちゃんに作ってあげよう。こんなふうに。

みんながコウちゃんのことを悪く言うのは、わからないでもない。二十五歳にもなって就職もせずふらふらして、いまだに実家の仕送りで生活している。そのくせ物欲が強く、友だちやあたしからの借金も絶えない（けれどきっと、返すつもりはないんだろうから、それはもはや借金ですらないんだろうなと思う）。一人の女と真剣に付き合うことが苦手だとはっきり公言していて、常に複数の女の影が絶えない。自分には才能があるはずだと信じていて、常にいろんなことに興味を持っては、すぐに飽きる。

あたしだって、そんな情報だけを箇条書きにして並べられたら、ろくな男じゃないと言うだろう。友だちの彼だったりしたら、別れたほうがいいんじゃないのと言ったりするかもしれない。

でも、実際のコウちゃんには、言葉にはできない何かがあって、とてもじゃないけど別れることなんてできない、とあたしは思う。

何かってなんだよと聞かれたら困るから、そういうことはみんなには言わずにいる。優しさとかあたたかさとかに近い気がするけど、別物だ。コウちゃんを取り巻く雰囲気や、コウちゃんの中心に存在しているであろう何か。

たとえば眠れない夜に頭をなでてくれるコウちゃんの手は、信じられないほどあたたかい。温度とかそういうことではなくて。なんだかわからない、見えないあたたかさを感じるのだ。あるいはまた、コウちゃんの笑顔は、あたしをとても幸せにする。生きていて、この人に会えて、よかった。本当によかった。そんなふうに思えるのだ。

ほんっとダメ男が好きだなあ、と半ばあきれたように言う真一郎に、何か言い返そうとしてやめた。コウちゃんの素晴らしさを、あたしが誰よりも知っている。それで充分じゃないか。あたしは次の注文を、グレープフルーツサワーに決める。

あたしだけがわかっていればそれでいい
あなたのことを
二人のことを

駆け落ち

オルゴール音のようなメロディーで目覚めた。新幹線はまもなく名古屋駅に到着するという。隣を見ると、武人は目を開けて、前を向いていたけれど、特に何を見ているということでもなさそうだった。わたしが動いたのに気づいて、彼の視線が動き、目が合った。

「奈緒美、飴持ってる？　なんか、のどがイガイガする」

「大丈夫？　多分ジャケットのポケットに入ってるはず」

武人は立ち上がり、網棚からわたしのベージュのジャケットを取ると、ポケットからレモン味の飴を取り出した。

「あった。もらうわ。ありがとう」

「ごめん、わたしの分も欲しいな」

武人はわたしに飴を手渡し、座席の上の棚にジャケットを戻す。

「ちょっとトイレ行ってくる」

彼の言葉にうなずき、窓の外に目をやった。田んぼばかりだった景色から一転して、大きな建物が目につく。そうか名古屋か、と思っているうち、新幹線が停車した。降りる人も結構いるようだ。

少し腰が痛くなってきた。窓辺に置きっぱなしにしていた携帯電話を開いたけれど、新しい着信も受信メールも無かった。明日にでも解約することになる、夫名義の携帯電話。

わたしたちは、これから駆け落ちをするところだ。わたしが、離婚はできないと思う、と伝えると、じゃあ駆け落ちしようよ、と武人は言ったのだ。夕食を決めるような口調で。京都に武人の知り合いが住んでいるらしく、とりあえずしばらくはそこに泊めてもらうということになっている。その人は会社も経営しているので、何らかの仕事も紹介してもらえるかもしれないということだ。

新幹線が動き出す。名古屋から家族連れが乗り込んだようで、子どもの騒ぎ声が耳に入る。ねえ僕ういろう食べたことあるよー、知ってるよー、と繰り返す声だ。お母さんらしき女性が、諭すようになにかを言うけれど、なんて言っているのかまでは聞き取れない。

ねえ、ういろうって好き、と隣の武人に尋ねようとして、彼がまだ戻ってこないことに気づく。同時に、他のいくつかのことにも。

暖房が効いたあたたかい車内の中で、彼が上着を脱がずにいたこと。貴重品を窓辺に置いたわたしと違い、彼は財布と携帯電話をジーンズのポケットに入れたまま、座席についていたこと。

唐突に、武人とのやり取りを思い出した。わたしたちが初めて一緒に飲んだときのこと。正社員としてどこかに勤めたことはないのだという彼に、理由を尋ねると、考え込むような様子を見せてから、彼が言ったこと。

「多分、信じてるものがあんまりないからだと思う」

信じてるもの、とゆっくりと言葉を繰り返したわたしに、彼はさらに言った。

「自分自身のこととか、先のこととか、確かだって思えるものが何もないんだ」

どうして今になって、こんなことをはっきりと思い出すのだろう。

わたしは立ち上がって、武人が向かった方の通路へと目をやる。一人の男性が、こちらに向かって歩いてくる。武人じゃない。あの男の人がトイレに行ってきたのだとすると、武人はどうしたというのか。口の中の飴は、今まさになくなろうとしている。

真夜中の果物《フルーツ》

確かだと思えるものは何もなく
手探りでさまよっているだけ

傷

「ひじの傷、どうしたの？」

わたしの隣で、同じように着替えていた美幸が、多分ほんとうに何の気なしに言ったのであろう言葉に、ドキッとさせられた。

「テーブルにぶつけちゃってさー、もーマジ痛かったよ」

なるべく普通に普通にと思って答えた努力が功を奏したのか、あるいはもともとさほどの興味がなかったのか、美幸は「それ、ドジすぎるよー」と少し笑ったっきり、それ以上なにかを突っ込んでこようとはしなかった。ほっとした。

慌てて制服に着替えながら、別に嘘はついてないんだから、と心でつぶやき、平静さを取り戻そうとした。

確かにテーブルでつけた傷だというのは嘘じゃない。嘘はついていない。言っていないことがあるだけだ。

不思議な匂いのするロッカールームを出て、紳士用品売場へと向かう。まだ赤くにじむひじは、さすがに白いブラウス越しには確認できない様子なので安心した。

普段は水曜日が休みなのだけれど、今日はなぜだか出勤ということになっていた。今週は代わりに木曜日が休みだ。

今日が出勤だということに、わたしはとてもほっとしていた。休みだったなら、また一日びくびくしながら過ごすことになっていただろうからだ。

大輔に初めて手をあげられたのは、もう半年近く前のことになる。男友だちとこっそりメールしているのがばれたときだ。こっそりしていたといっても、それは大輔がいやがるからであって、浮気とかいうことでは全くなかった。けれど大輔は「お前が否定しても、これは立派な浮気だ。裏切り行為だ」と繰り返した。頭に来たので、「じゃあもういいよ」と言って背を向けた。途端、左足のふくらはぎを蹴られた。蹴るというか、踏むというか。

痛いとかいうよりも、びっくりして泣き出してしまったわたしに、大輔はものすごい勢いで謝ってきた。「ごめん、ごめんな、痛かったよな」と何度も何度も繰り返す大輔は、今にも泣きそうで、後悔している様子だった。だからつい、「ううん、気にしないで」なんて言ってしまった。

次の暴力はそれから二ヶ月くらいしてのことで、もう最初の出来事なんて忘れかけていた頃だ。原因はもう思い出せないが、大輔が怒り、わたしが反発し、さらに大輔が怒って手をあげ（そのときは腕を叩かれた）、大輔が何度も何度も謝り、わたしが許した。一度目と同じだった。三度目も、四度目も、同じような感じだった。

昨日の出来事が、何度目のことになるのか、わたしにはもう思い出せない。いつもと違ったのは、殴られると思って身をよけたわたしが、ダイニングテーブルにひじを激しくぶつけ、血を出してしまったことだ。大輔はやはり謝り、反省した。涙まで見せて。

わたしも本当は気づいている。暴力の頻度が、少しずつ増えてきていること。このままではいけないのではないかということ。

でも、手をあげるたび、「もうしない、もうしない」と言う大輔は傷ついた顔をしていて、わたしは、大輔が被害者で、自分が加害者のような気すらしてくる。

仕事が終わったら、わたしはまたきっと、大輔にメールする。びくびくしながら、おびえながら、それでも彼に会いに行く。

傷つけたのか傷ついたのかわからない
どちらでも同じような気もして

手紙

愛子へ

久しぶり。元気にしていますか？

わたしは今、ペナン島にいます。ここはほんっとーに暑い‼ 毎日、スイカジュース（これおいしい。はまっちゃったよ）を飲みながら、日本は今寒いのかなあなんてぼんやり考えたりしてます。

この手紙は、安いホテルのベッドの上で書いてます。冷房の効きが悪いけど、まあ外にいるよりはずっとましです。

さっき部屋で、レターセットを見つけて、「あ、愛子に手紙書こう」って思ったの。約束してたわけでもないのに、自然に。なのでこうして書いてます。

かなり今さらになっちゃうけど、引っ越しの手伝いとか、空港まで見送ってくれたこととか、すっごくすっごくありがとう。とても嬉しかった。作ってくれたすき焼き、最高でした！　帰国したらまた食べさせてね。


ペナン島は、いいところだよ。暑いし、蚊が多いのがちょっとつらいけど、ごはんはおいしいし、親切な人が多いです。マレー語もちょっとだけ覚えてきたよ。ありがとう、は、トゥリマカシー。なんか可愛いよね。

「なんでペナン島なの？」って愛子に聞かれて、困っちゃってたけど、どこでもよかったんだと思う。たまたま、昔行ったペナン島旅行が、いい思い出になってたからってだけ。

わたしも、何度も自問自答した。なんでペナン島なの、って。第一、どこかに行く必要なんてあるのか、って。仕事辞めて親に怒られてまで、自分は何がしたいのかな、って。

やっぱり彼との失恋も大きかったと思います。三年付き合ってたし、ほんと結婚するつもりでいたし。でもそれだけじゃないんだ。

説明するのがすごく難しいんだけど、今は今しかないんだな、って思ったの。わけわかんないかな……。ごめんね。

会社終わって、地下鉄乗ってたら、高校生がいたんだよね。体育祭の話で盛り上がってたんだけど、それ見ながら、わたしも自分の体育祭のこと思い出したの。みんなで遅くまで残って、ソフトボールの練習して。

そしてそのときに、「もうこういうことできるのは今だけなんだなあ」って思ったことも思い出した。高校時代から、すごく遠くまで来ちゃったような気になった。

今、この瞬間は、このときしかないなんて、当たり前じゃんって思うかもしれないし、わたしだってわかってたつもりだった。でも、本当にわかってたのかなって、不安になった。すごく焦るような、「やばい！」って気がして、どうしていいのかわかんなくなった。

一旦、リセットしたかったんだと思う。いろんなことや、いろんな思いをリセットして、もう一回動き出そうと思った。ここが停止地点になっちゃいけない気がしたの。

会社の人や、友だちや、親や、みんなに心配や迷惑かけちゃったことは、本当に申し訳なく思ってます。

けど、不思議なことに、後悔は全くないです。すごく素敵な時間を過ごしています。今しかないんだったら、精一杯生きるしかないな、なんて、妙に吹っ切れた感じ。

来月日本に帰ったときには、また遊んでね。愛子に会いたいです。おみやげのリクエストあったら教えてね。ではでは！

やりなおしはきかなくっても
改めて始めることはできると思う

薄明かり

井上さんに関する噂は、悪いものばかりだ。

新入社員の男の子二人に手を出したのが原因で、仲のよかった彼らはいまや絶交状態に、とか、取引先の娘と婚約が決まっていた男をホテルに連れこみ、それが取引先の社員だか誰かに目撃されて彼の婚約は破談、彼は退社にまで追い込まれた、とか。

どこまでが本当なのかはもちろんわからない。でも、少しだけ語尾を伸ばすような甘えたしゃべり方、細身のわりに大きな胸、何より可愛らしい顔立ち、の彼女を見ていると、まあ全部が全部嘘ってわけではないんだろうな、とは思う。

　まるで自分が被害者みたいに、井上さんの噂を広めていく同僚のことは、イヤだなとも思ったけれど、かといって、井上さんのことをフォローする気持ちは全く起こらず、仲良くしたいなんて思っていたわけでもない。

　なのになぜか、今、わたしは井上さんの部屋にいて、このまま泊まろうとしている。彼女の化粧水やらフリースやらを借りて。広いとはいえない六畳の部屋に、無理やり二つの布団を敷いてもらって。


　井上さんが、部屋の蛍光灯を豆電球だけにして、隣に並んだ布団にもぐりこむ。おやすみ、と声をかけようとした途端、井上さんはわたしの方に向き直り、話しはじめた。表情まではわからないけれど、酔っているせいか、いつもよりも少し声が大きい。

「今日、結構飲みましたよねぇー。あたしちょっと酔ってるかも」

「みんな飲んでたよね」

「でも湯沢さん、全然普通でしたよー。お酒強いんですかー?」

「別に、強いってほどでもないけど」

ぼんやりと、オレンジの明かりを見つめながら答えた。井上さんと話したいような気分ではなく、むしろ早く眠りたいと思っていたので、声が少し冷たい響きを持っていることに自分でも気づいていた。

「けど今日、湯沢さん来てくれてよかったー」

「え、なんで?」

わたしはイライラしはじめていた。眠る直前になってまで、そんなお世辞めいたことを言う必要がどこにあるんだろう、と思った。

「あたし、一人でいるのが、怖いんです」

なんて答えていいものか、困った。内容に反して、とてもきっぱりとした強い言い方だった。これが嘘でもお世辞めいたものでもないということが、一瞬でわかった。

「だから早く結婚とかしたいんですけど、全然うまくいかないんですよねー。あたしはすぐ好きになっちゃうんだけど、向こうに飽きられちゃうってことばっかでー」

そう話す井上さんは、いつもの明るいしゃべり方に戻っていたけれど、なんだかちょっと無理しているようにも思えた。

「なんかほんと、あたし酔ってますねー。すみません、こんなわけわかんない話で」

「ううん、いいよ。話しなよ」

答えながら、なんだか自分の胸まで痛む気がした。井上さんだって、ただ幸せになりたいだけなのだ。それは、わたしだって一緒だし、きっと、井上さんを悪く言う同僚たちだって、同じことだ。

みんな上手に幸せになれればいいのに。誰も傷つかずに。

もう甘い夢を見てられるような年はとっくに過ぎたはずなのに、そんなことを考えながら、井上さんが真剣に話す言葉を聞いていた。

かんたんに傷ついたりはするくせに
かんたんに幸せにはなれない

想像力が足りない

毎日望まなくても林に会えていたあの頃のあたしは、なんて幸せだったんだろうと思う。

卒業したら会えなくなってしまうっていうことは、もちろんわかっていた。林はずっと前から、遠くの大学に進学しようと決めていたし、あたしは地元の短大に推薦で行くことになっていたし。

けど、会えなくなるっていうのがどういうことか、実際にそうなるまで、あたしはちゃんとわかっていなかったんだなと思う。

三月の終わりに、友だち同士で集まって、遊園地に行った。三日後に引っ越しを迎えた林も来た。遊園地で、あたしたちはずっと笑いつづけていた。こんなふうに毎月集まりたいねなんて話して。夜になっても、さんざん歩き回って疲れても、誰一人として帰りたがらなかった。結局、閉園時刻まであたしたちは一緒に過ごした。

短大はそれなりに楽しいし、仲のいい友だちもできた。人数が少ないから、描いていた大学のイメージよりも、高校に近い感じがする。けど、それでもやっぱり高校との間には、大きな隔たりがあって、それはここには林はいないっていうことだ。

発達心理学という名前の授業を受けながら、あたしは今この瞬間も、林について考えてる。林も今、大学で授業を受けたりしてるのかな。あいつのことだから、ずる休みも多そう。早いところバイトも探さなきゃって言ってたくらいだから、結構熱心にバイトしているのかもしれない。

告白すればよかったのかな。

あたしはそう考える。大学生になってから、もう何度も考えてること。何度も何度も、すり切れそうになるほど考えて、それでもちゃんと答えを出せていないこと。

二年生で同じクラスになってから、ずっと仲が良かった。三年生になるときも、林と同じクラスになることを祈っていて、それが叶ったときには、神様っているのかもしれない、と本気で思った。

「あんたたち、もう付き合えばいいじゃん」

そんなふうに、何度周囲に冷やかされたかわからない。あいまいに笑っていた林だって、きっとあたしのことを嫌いなわけじゃない、と思っていたけど、結局踏み出すことはできなかった。

「お前が保育士になるとか、想像できないなあ」

笑っていた林の顔を、そのまま保存したみたいに、はっきり思い出せる。あたしだって同じだ。あたしはいつだって、想像力が足りない。こんなふうに、林と会えなくなる少し先の未来ですら、うまく想像できてなかったんだから。

夏休みには集まろうねって、こないだ会った友だちと話した。きっと気づいたら夏になっている。あたしは久しぶりに会う林に、どんな言葉をかけるんだろう。久しぶりに会う林は、どんな顔で笑うんだろう。どうか彼女ができていませんように。告白できるかもわからない、答えを出せていないあたしは、そう身勝手に願っている。

言えなかったことは
蒸発することもないまま
いつも未来は遠い

CO_2

炭酸が好きだ。

いつも、炭酸飲料ばかり選んでしまう。炭酸が入っているものならたいてい飲める。それ以外の飲み物は、好き嫌いが多い。スポーツドリンクもコーヒーも飲めない。コーヒー好きに言わせると「こんなんコーヒーじゃねえよ」的な、甘ったるいコーヒーなら飲める。

新藤さんは、正反対だった。

コーヒーはブラックが好きで、車の中のドリンクホルダーには、たいていスポーツドリンクのペットボトルが入っていた。炭酸飲料は全く飲めなかった。微炭酸、でもだめだと言った。

また、新藤さんは、自分が炭酸を飲めないだけでは飽き足らず、炭酸飲料のことを、さも害悪な存在であるかのように語った。ニュースで子どもの犯罪や学級崩壊が取り上げられるたびに、周囲の環境もさることながら、食べ物や飲み物がよくないんだ、と言い、最終的には単なる炭酸飲料への非難となっていた。

根拠がありそうなことも言っていたけれど、迷信だよと笑い飛ばしてしまいたいようなこともたくさん言っていた。けれどわたしは、彼の意見のひとつひとつにうなずき、同意した。

新藤さんのことがどうしようもなく好きで、もう彼の言うことにはなんでも従おうと思っていたからだ。彼に愛されるためなら、どんな条件だって飲み込んだだろうと思う。

そんなふうにしてわたしは、炭酸飲料を飲まない女になった。

カフェでも、家でも、あんなに好きだったメロンソーダもレモンスカッシュもパスして、大して飲みたいとも思えないウーロン茶ばかりを飲んだ。車の中では、新藤さんと同じスポーツドリンクを飲んだ。おいしさは相変わらずわからなかった。けれど飲んだ。いくらでも飲んでみせると思った。新藤さんに愛されるためならば。

他にも合わせたことはたくさんあるし、例をあげればいくらでも浮かぶけれど、でも結局、彼とはうまくいかなかった。まあ、早い話、ふられたのだ。炭酸飲料を飲まない女になったからといって、簡単に好かれる女になれるわけじゃない、というのは、もちろんわかってはいたのだけれど。

明らかに元気がなくなって、あまりしゃべらなくなったわたしを心配して、いろんな友だちがカラオケやボウリングやクラブや飲み会に、しばしば誘ってくれるようになった。

カラオケは楽しかったし、コーラもジンジャーエールも、ウーロン茶なんかよりよっぽどおいしかった。クラブでさんざん踊ったあとには、マリブコークを飲んだ。友だちの家で飲んだスパークリングワインは、その後わたしの家に常備されることとなった。

炭酸飲料を飲むたび、飲めないなんてかわいそうに、人生の楽しみの数パーセントを失ってるよ、と心の中で新藤さんに毒づいた。

そんなふうにしてわたしは、炭酸飲料を飲む女に逆戻りした。新藤さんにふられた後でも、炭酸飲料はおいしかった。

これからはもう、飲みたいものを、飲みたいときに、飲みたいだけ飲めるのだ。だけど、さみしいかさみしくないかというと、さみしくないとは、言えないのだった。

好きなことを
好きなだけする生活に
一番好きなあなたがいない

遠い夜

約五百キロメートル。それがわたしの住む街から、聡の住む街までの距離だ。

聡と知り合ったのは、大学時代だ。付き合い出したのは、二年生の終わり頃。ケンカも数え切れないほどしたけれど、基本的に仲良くやっていた。

「地元に戻らなきゃいけないことになるかもしれない」と聡が言い出したのは、就職活動もとっくに終えて、内定も受け取った、四年生の秋のことだ。わたしの部屋で、一緒にごはんを食べながら、独り言のように言った。うつむきの角度まで、鮮明に思い出せる。

どうして二人とも東京で就職が決まった今になって、というようなことを騒ぎ立てたし、泣きもしたけど、「そりゃあ俺だってイヤだよ」と聡に言われてしまっては、どうすることもできなかった。

そして三月、聡は東京を出た。

引っ越し前日の夜から、当日の朝まで一緒にいた。なにを言っていいのかわからなかった。お互いに、「新幹線ならすぐだよね」とか、「浮気しないようにな」とか、無理して明るい口調で言った。

はじまった遠距離恋愛は、思ったよりは淋しくなかった。お互いに、仕事が始まって忙しくなったことが関係していたのかもしれない。

夜には、毎日のように電話をする。お昼休みには、メールを送ったり送られたりする。写メールを送ったり送られたりする。ときどきは、手紙を出したりハガキをもらったりする。月に一回は、どちらかが会いに行く。

離れていても、なんとなくつながっていられるような気がしていたし、ケンカも少なくなった。一緒にいる時間を大切にしたいという意識が生まれたからだと思う。

なーんだ、別に問題ないじゃん。そう思っていた。

ある日、午前一時をまわったくらいの時刻に、外で物音がした。家の前に停めてある自転車のことを思い出し、自転車泥棒だと思った。怖い。怖くて、ドアスコープをのぞきこむことすらできなかった。ただ物音がするのを、どうしようどうしよう、と聞いていた。

急いで聡に電話をしたけど出なかった。メールも送ったが返信は来なかった。たぶん眠っているのだろう。

音が消えて、少しだけ冷静になってから、外に出てみた。誰もいなかったし、自転車は変わらずそこに置いてあった。ドアの前で音がしているように聞こえていたけれど、実際はもう少し離れた場所だったのかもしれない。

安心したけれど、でもこれが現実なのだというのを、思い知らされた気がした。

わたしたちは、すごく離れていて、こんな夜中には、会うことのできないような距離にいるという現実。聡が、たった今交通事故にあったとしても、わたしはそこに駆けつけるすべを持たないという現実。

すごく単純な当たり前のことに、今さらながら気がついて、悲しいとも淋しいとも思わずに、ただぼんやりと、聡の寝顔なんかを思い出した。五百キロメートルの重さが、降りかかってくるような夜だった。

眠れない夜につぶやく彼の名は
どこにも届かず消えていくだけ

しらっちと桐子とわたし

しらっちから、久しぶりに飲もうよというメールが届き、行くべきかどうか迷う。けれど迷うのは、一分にも満たない時間で、次の瞬間には出席の返信を送っている。明るい口調で、絵文字まで入れて。本当のところ、べきかどうかなんて、わたしにはわからないし、わかったところで正しいほうを選べるとも限らない。

飲み会はいつも同じ開始時間、同じ店、そして同じメンバー。店に着く順番までいつも同じで、一番乗りしていたわたしを見つけて、おお、としらっちが片手をあげる。明るい笑顔にひそむ、ごくごくわずかにひそむ、残念そうな様子をわたしは見逃さない。そしてやっぱり、傷ついている自分に気づく。

仕事の話や、共通の友だちの話をしてる間、しらっちはタバコを吸っている。早く来ないかな、と思っているんだろう。つられてわたしまでそう思ってしまう。しらっちと二人きりでいるのは、居心地が悪いから。あの人を待っているしらっちと。

「ごめーん、遅くなったー」

全然ごめんって思ってない口調で、そう言いながら登場した桐子は、わたしの頭を、ぽんぽん、と叩いた。いつもそうするのだ。

「相変わらず遅刻魔だなあ」

呆れたように言ってるしらっちの顔には、嬉しさがにじみ出ていて、わたしは胸がちょっとしめつけられる。席についた桐子からは、南国のフルーツみたいな、甘い匂いがする。しらっちが気づかなければいい、と思った。

三人になってからのほうが、話はずっと弾む。桐子が話し上手なのもあるし、何よりもしらっちがたくさん話すようになるから。タバコもほとんど吸ってない。

店を出るのはいつも、終電ギリギリの時間だ。酔っぱらった桐子が、わたしの腕をとり、もたれかかりながら駅まで向かう。わたしは文句を言う。

「桐子、重いー」

「ほんと迷惑なやつだな」

しらっちは、苦笑まじりにそう言うけど、全然そんなこと思ってないのが伝わってくる。どうやったって浮かれてる部分がにじみ出るのだ。なんてわかりやすいんだろう。

電車に乗ってから、またねって手を振って、一番に降りていくのは桐子だ。今日二度目の、二人きり。しらっちは、飲み会の最初より上機嫌になってわたしと話す。桐子に会えたから、だ。

じゃあな、って降りていくしらっちの後ろ姿を、わたしは消えるまで見つめている。

しらっちのバカ、と思う。桐子が好きなしらっち。何度も桐子に告白してはフラれてるしらっち。桐子を全然あきらめきれていないしらっち。しっぽ振る犬みたいにわかりやすいしらっち。

どうせ片想いするならするで、もうちょっとうまく隠せばいいのに。わたしみたいに。

でもほんとは、わたしだってバカだって知ってる。桐子に笑うしらっちに、いちいち傷ついてる。だったら飲み会に参加しなきゃいいのに、しらっちに会いたくてやって来るわたし。

明日、桐子は多分いつもそうするように、わたしとしらっちに、同じ内容のメールを送ってくる。楽しかったねとかまた飲もうねとかそういうやつ。しらっちがなんて返すのか知りたいけど知りたくない。しらっちのバカ、とバカなわたしはまた思う。

あの人が笑っていると嬉しいけど
わたしに向けてじゃなくて悲しい

クリスマス

「りょうたんさあ、クリスマスどうする？　もう考えた？」

純子の部屋で、ＤＶＤを見ながら、俺はすっかり眠りに落ちようとしていた。ＤＶＤは純子のセレクションで、いつものように邦画のラブコメディもの。「洋画は顔の区別がつかないし、見終わった後に悲しくなるものはイヤなの」とは純子の口癖だ。

「え、あ、クリスマス？　そっか、早いな、もうそんな時期か」

うっすらとよだれをたらしていたのに気づき、袖口で慌てて拭いながら、俺は相づちを打つ。俺に話しかけてきたということは、どうやら今回のＤＶＤは、純子にとってもそんなにおもしろいものではないらしい。

「早いな、じゃなくて、ちゃんと考えてくれてるの？　お店とかも予約しておかなきゃ、すぐいっぱいになっちゃうんだから」

「うーん、クリスマスは家でゆっくり過ごさない？　俺も年末進行だし、予約とかしても、ちゃんとその時間に帰れるか自信ないしさ」

「え」

純子が驚いた顔をするので、いそいでフォローの言葉をつなげた。

「いやもちろん、終電前には帰ってくるつもりでいるよ。プレゼントも用意するし。純子、なんか欲しいものあるんだっけ？」

「……クリスマスなのに、仕事第一なの？」

既に俺の言葉は、純子には届いていないようだった。

「そりゃあ普通の日だったら、あたしも文句言わないけどさ。でも、クリスマスだよ？　年に一回しかないんだよ？　いいお店に行って、おいしいごはん食べて、幸せな気分で過ごしたいって思うのが普通じゃない？」

純子にとっては普通なのかもしれないけど、俺にしてみればそんなの全然普通じゃない。だいたい好きで仕事するわけじゃないんだ。街がクリスマス気分で浮かれているなか、ひたすらパソコンに向かっているのが、楽しいわけないじゃないか。だんだん頭に来る。

「別に祝わないって言ってるわけじゃないだろ。だいたいクリスマスクリスマスって、お前キリスト教徒でもないし、そんなに騒ぐことかよ。わがまま言うのもいいかげんにしてくれよ」

なるべく冷静に言ったつもりだったが、途中から声が大きくなっているのが自分でもわかった。純子は唇を噛みしめて俺が話すのをじっと見ている。

怒り出すのだろうか、と思って見返すと、純子の目からは涙がこぼれてきた。あ、と思っているうちに、次から次へと涙があふれて、洋服やソファにしみをつくっていく。

「……ごめん、言い過ぎた」

仕方なく謝るしかなくなってしまう。うつむいてただ泣いている純子を抱きしめて、頭にキスをする。

「あたしはさ、りょうたんを困らせたいとかそんなつもりで言ったんじゃなくて、ただクリスマス一緒に祝えたらいいなあ、楽しいだろうなあ、って思って……」

純子が必死にしゃべっているが、後半はもう涙で聞き取れない。服ごしに、純子の息や涙がかかって、腹のあたりがどんどん熱くなっていく感じがする。

クリスマス、結局どっか予約させられることになりそうだな。死にそうになりながら仕事を片付けている自分の姿が想像できて、ちょっと笑いそうになった。

メリークリスマス
あらゆる人たちに
メリークリスマス
ハッピークリスマス

キムチ鍋

そういえばこの冬は、あんまり鍋料理を食べなかったなあと、三月の天気のいい休日に、コタツを片付けながら思った。

それで、隣に寝転んで、もう何度も読んだはずの雑誌を、飽きもせずにまた眺めている草野に、それを伝えた。

「あんまり鍋しないまま、冬が終わっちゃった気がする」

「じゃあ、今晩は鍋にしようよ。キムチ鍋」

え、もうあったかくなってきているのに。それにあたし、昨日のお昼は豚キムチ定食だったよ、という言葉が出そうになったけど、のみこんだ。

名案だろ、とばかりに誇らしげに笑う草野の前では、思わずうなずくしかなかったからだし、何より、草野と二人でのキムチ鍋が、すごく素敵なものに思えたからだ。

コタツを片付け終えてから、一緒に買い物に出かける。歩いて五分ほどの場所にあるスーパーへと向かう道で、あたしの右手と草野の左手は、当然のようにつながれている。

休日の夕方のスーパーは、家族連ればかりだ。きっと、あたしと草野も夫婦に見えるんだろうなと思うと、恥ずかしいような嬉しいような気持ちになった。かごに、白菜やらねぎやらうどんやら、目についたさまざまなものを二人で投げ入れていく。

「絶対買いすぎだねこれ」「こんな食えねえよなあ」などと言い合う帰り道で、あたしはすっかり浮かれている自分に気づいていた。思わず花屋でオレンジのバラまで買ってしまったくらいだ。花瓶はないので、コップに挿そう。

上がったテンションのままで、あたしたちはキムチ鍋をつくりはじめる。三月の幸福なキムチ鍋を。一人しか立てない狭さの台所に、無理やり二人で立って、野菜を切ったり洗ったりする。

にらの洗い方が雑なことや、豆腐の切り方が細かすぎることに、お互い文句を言い合ったりしながら、学生時代の文化祭準備のときのような気持ちを思い出す。遅くまで教室に残って、みんなで大騒ぎしながら看板を塗ったりしていた、あの感じだ。

鍋が出来あがる頃には、部屋はすっかり暗くなっていた。鍋はちょっと辛すぎる気もしたけど、おいしかった。おいしいおいしいって言い合いながら食べるうちに、本当に心からおいしく思えてきた。

「明日からまた仕事かー」

もう既に顔を赤くしている草野がつぶやくように言うので、なんだかせつない気持ちになった。あたしたちはもう学生じゃないのだ。いつまでも文化祭気分じゃいられない。

「また鍋しようね」

そう草野に言うと、草野は、口に鶏だんごをほおばったまま、おお、と、うん、の間のような、うまく音にならない返事をした。

そんな草野を見ながら、でも、学生じゃなくてよかったのかもな、と思えた。二人とも大人だから、こんなふうに一緒に鍋もできるし、いろんなことが許されているのだ。

これから先、草野とあたしは、何回一緒に鍋をつくることができるんだろう。意外とこれが最後になってしまったりして。でももし本当に、いつか、草野と一緒にいられなくなるようなときが来ても、この日のことはおぼえていたいと思った。白菜を嚙みながら、草野を見つめながら、心から、そう思った。

キムチ鍋

熱烈な恋じゃなくても構わない
ほのかにあたたかなあなたの手

路上教習

運転免許を取りに行くことにした。

お金を出してくれた両親にも、友だちにも、妹にまで、さんざん意外がられたけれど、絶対取るつもりでいた。教習所で申込書を記入するあたしは、それなりの決意に燃えていた。

世の中には、向いてることと向いてないことがあるからねえ、と一番仲のいい子に言われてしまったくらいだけど、彼女にも話していない理由があるんだから、しょうがない。

あたしは本庄先輩のことが好きだった。

だった、じゃなくて、今だって好きだ。

入学して、バレーボールサークルに入って知り合ってから、ずっと気になっていた。先輩は、騒いだりして場を盛り上げるタイプじゃないけど、いつもニコニコしていて、みんなに優しい。先輩みたいな人だらけになれば、世界はきっと素晴らしいものになるだろうって、本気で思った。あまりに好きすぎて、気持ち悪がられてしまいそうで、誰にも話せなかった。

だから、あの日のサークル飲み会で、自分が泣き出したりしなかったことは奇跡だと思うし、本当によかったと思っている。もしかしたら、誰かがくれたプレゼントなのかもしれない。かといって、今のあたしは、神様の存在を信じられないけれど。

「みんな聞いてー。本庄、彼女できたらしいよー」

そう言い出した別の先輩に、何言ってんだよできてないよ、とか本庄先輩がつっこむのを待っていたのに、本庄先輩は恥ずかしそうに笑いながら、言うなよー、とか繰り返すばかりだった。

就職活動で知り合ったのだそうだ。何の内定取ってるんだよ、って他の先輩がつっこんで、みんなが笑っても、あたしは笑ってなかった、と思う。記憶は曖昧だ。その日からしばらく、あたしは心を閉じて暮らした。何を食べても味がしなかったし、何を見ても同じ色にうつった。ただ、周りには絶対にその状況に気づかれないことだけを目標に数日間をやり過ごした。

初めての路上教習の日は、快晴だった。

「基本的に、車の運転っていうのは、そんなに難しいものじゃないからね。もちろん、注意しなきゃいけないことはたくさんあるんだけど、リラックスしてね」

慣れない運転席で、明らかに緊張をにじませているであろうあたしに、教官が優しく話しかける。名称の説明などをしてから、再び教官はあたしに言った。今度は質問だった。

「免許は就職活動のため？」

就職活動、という言葉に胸が痛む。あたしは言った。

「それもありますけど、やっぱり便利かなあって」

教官はなぜだかちょっと笑った。じゃあ、さっそくエンジンをかけるところからね、と言う。

ほんとのところ、理由なんて自分にもわからない。ただ、あたしにも何かできることがあるんだって、確認したかったんだと思う。まだ手に入れていないものがいくつもあって、未来は可能性に満ちてるんだって。そんなふうに信じないと、今はやっていけない。

指示通り、キーを思いきり右に回すと、キュルルル、と音を立ててエンジンがかかる。これがスタート合図になればいい、とあたしは思う。

無敵にはなれない
今は少しでも前に進んでいけたならいい

あとがき

まっすぐに歩いてきたはずだったのに、振り返って確認すると、直線だと思っていた道は、ゆるやかなカーブだった。

そんな、ゆるいカーブにさしかかっている人たちが書きたかった。急カーブだったら、曲がる準備もできているだろうけど、ゆるいカーブでは、曲がっている実感すらないかもしれない。曲がったつもりはないのに曲がっていくのは、選んだつもりはないのにいろんなものを選んでいる日々そのものだ。

書いている間のわたしは、この本の登場人物たちと一緒になって、何度もカーブを過ぎたり、立ち往生したりしていたような気がします。

担当編集の馬場愛さん、ほんとうにありがとうございました。馬場さんの励ましや提案が、書く上での大きな助けになりました！

そして何より、読んでくださったみなさんに深く感謝します。たくさんのゆるいカーブを過ぎたあとに見える景色が、美しいものでありますように。

加藤千恵

文庫版あとがき

単行本『ゆるいカーブ』が発行されてから、約四年半が経ちます。四年半。その期間が長かったのか短かったのか、わたしにはうまく判断することができません。

いろんな出来事がありました。住んでいる場所も、よく会う友人も、通うお店も変わった一方で、変わっていないものもたくさんあります。

いずれにしても『ゆるいカーブ』が、『真夜中の果物《フルーツ》』と名前も変えて、あらためてこうして送り出すことができるのは、とてもとても幸せなことだし、嬉しいです。

文庫化にあたり、いくつかの物語を加えましたが、ここに出てくる人たちはみんな、スタートでもゴールでもない場所にいます。そしてまた、わたしも。

じっくり読み込み、うなずきまくってしまうくらいおもしろい解説をくださった山崎ナオコーラさん、さまざまな感情を湧きあがらせるような、美しいイラストを手がけてくださった佐原ミズさん、想像以上の仕上がりの装丁のみならず、他の部分でも大変お世話になった名久井直子さん、文庫担当編集である杉田千種さん、本当にありがとうございます。

そして、読んでくださったみなさんに、心から感謝します。どうもありがとうございます。


いつの日か消えちゃいそうな感情を今は抱えて歩いていたい

解　説——人は何故恋愛するのか

山崎ナオコーラ

酢豚にパイナップルが入っていた方がいいか、なしの方がいいか、私は正直どっちでもいい。大体において、酢豚はそんなにしょっちゅう食べる料理ではない。それなのに、「入っていた方がおいしい」「そんなことない」という会話をするのは、絶対に楽しいだろうと私にも分かる。永遠に言い合いたいくらいだろう。

こういう言い合いは、たとえば、誰かを駅まで送っていったときに、改札口で手を振って、エスカレーターに乗る前に振り返ってくれたら再び振って、乗りながら天井に隠れる寸前にちょっと腰をかがめてもう一度振り返ってくれたら三度手を振ってしまう、あの感じに似ているかもしれない。

さよならという意味を出したい仕草なら、一回手を振ったらくるっと来た道を戻ればいいのだが、そうではなくて、何度も何度も繰り返したい、意味がなくなるまでやってみたい、そういう行為があるわけだ。

語尾をちょっと変えて言い合いたい、なんで、なんで、と問い詰めてちょっと困らせてみたい、じゃあ、他の料理は？　と発展させたい。だが、他の料理のことだって、本当はどうだっていい。

話したいことがたくさん残ってる　中華料理で何が好きとか

（「酢豚」短歌より）

おお、そうなのだ。人間はよく、こうなる。心が動いて、もっと、もっと、なんでもいいから話してみたい、と変な風になる。こういう「感じ」のことを書くのが、加藤千恵は上手《うま》いのだ。

恋愛というのは勘違いだ、とひねくれ者の私は思っている。恋愛文化の中で育てられたから、そういうことを思うような大人になったというだけのことだ。たまたまできた人間関係を、思い込みで「好き」という言葉で表現しているだけで、確固たる「恋愛」なんて概念、きっとどこにもない。歴史の中で、綿々と色恋沙汰は続いてきたわけだが、どの時代でもどこの場所でも絶対に通じるという、普遍的な「恋愛」はない。そのとき、そこでしか成り立たない論理が生まれて、しばらくすると消える。そのあと、また別の論理ができる。漠然とした文化に沿って私たちは関係を築き、誤解に誤解を重ねた恋愛が、今、ここにあるというだけなのだ。

だが、意味のない言い合いを永遠に繰り返したい、というのは古代から人類の夢であった。意味のない恋愛をしたいと、古今東西の全ての人間が思ってきた。

恋愛というのが一体なんなのか謎が解けなくても、文化の影響下にある感情にすぎなくても、やってみたい、やり続けたい、という気持ちが、この世界を生きる皆にある。「恋は定義できない」「だが、ここにある」。

　この『真夜中の果物《フルーツ》』は、恋愛に関する小さな話が並んでいる本で、ひとつひとつの話に、恋のラインがある。女の人、あるいは男の人から、そっと延びる線の先に、異性がいる。だが、その線には、よく見ると料理や飲み物の名前が絡まっている。前出の酢豚も料理の一種であるし、そして、パパイヤのサラダ、ラムのチーズ焼き、はちみつ柚子サワー、スイカジュース、マリブコーク、キムチ鍋、レモン味の飴、などなど。場所や年齢をあまり限定しない綴られ方がされているから、それらの固有名詞はくっきりと浮かび上がり、読む者に余韻を残す。「これだ、この、口に入れたものをどうしても覚えてしまう、この感じが大事なんだ」、そういう気がしてくる。

好きな人がいるけれど、その人がわたしと付き合うことはなさそうだ。どうして好きなのかはわからない。おもしろいからとか、博識だからとか、さりげない優しさを持っているからとか、それっぽい理由ならいくつでも挙げられるけれど、どれも本当であって本当ではない。結局のところ、好きなんていう気持ちは、理屈じゃ説明できないものなのだから。

（「綺麗なだけ」冒頭より）

これは現在を生きる我々の多くが頷《うなず》くところであろう。

どうして好きなのかは分からない。愛というならば、何度も繰り返したあとの心のくっ付き方というようなものだろうと、まだ分かるぐらいで、恋なんて、相手と自分の現在における関係性に関係なく湧いてくる感情であるから、わけが分からないのだ。

どうして、急に「この人」と思って、関わりたくなるのだろうか。そして、どうしてそのことから情緒が生まれるのだろうか。

私は最近、ふとＹｏｕＴｕｂｅで「かぼちゃワイン」というタイトルの日本の古いアニメを検索して、「Ｌはラブリー」というアニメソングを聞いてみた。「かぼちゃワイン」はそんなに有名なアニメではないし、特に若い人は知る由もない（世代から考えて、加藤千恵もまず知らないであろう）ので、簡単に説明すると、春助という小柄な男の子が、エルという大柄な女の子から熱烈に好かれるというものである。その歌を聞いてみると、「あなたが好きです　好きなんです　理由は何にもありません　男の人なら他にもいます　だ　け　ど　あなたは特別な人〜〜」と言っている。そうなんですか……。

生命を維持したいだけなら、どんな食事でも栄養になりさえすればよいし、種の存続を考えているだけなら、どんな異性でも交接できればよいわけであるが、人間はもはや動物ではないのだ。

恋愛に関する小説、あるいは短歌を読んだとき、ぐっと来るその理由のひとつに、それらの文字を目で追っていると、読者自身の恋愛観が自然と問われてくる、ということがある。

ページとページの間で、自分のしてきた恋愛、あるいは、これからしたい恋愛を、つい思い浮かべてしまう。多くの人は恋愛の意味を知らず、自分の恋愛観が他の人と一緒なのかどうかも分からず、自分の感覚に自信のないまま、誰かに対して突っ走っている途中である。

そういうときに、言葉に出会うと、頭の中がどこまでも延びていく感覚を味わうことができる。『真夜中の果物《フルーツ》』を読むとき、人は様々なバリエーションの「恋愛」を味わうことができる。私はページをめくっていて、不覚にも下瞼《まぶた》に涙が滲んだのを感じたが、これもおそらく、自然と自分にとっての恋愛の何かを思い出したのだろう。多くの読者が、どれかしらの言葉に対して、これは私だ、と思うに違いない。それは、人物造型とは離れた、言葉だけの力によるものである。キャラクターというものが全然自分らしくなくても、ひとつの歌を読んで、これは私だ、と思うときがある。それは不思議な感覚だが、「これは、私だ」。

私、そしてあなたは、意味のないこだわり、意味のない恋愛に振り回されながら、関係を続けていく。人類はこれからも、

「パイナップルはいらないことを証明する！」（「酢豚」より）

と特別な相手に向かって叫び続ける。

——作家

この作品は二〇〇六年十一月スリーエーネットワークより
刊行された『ゆるいカーブ』に加筆し、改題したものです。
ＪＡＳＲＡＣ　出一一〇〇二八四―一〇二

幻冬舎文庫

●最新刊
うさぎパン
瀧羽麻子

継母と暮らす15歳の優子は、同級生の富田君と初めての恋を経験する。パン屋巡りをしながら心を通わせる二人。そんなある日、意外な人物が優子の前に……。書き下ろし短編「はちみつ」も収録。

●最新刊
ぽろぽろドール
豊島ミホ

かすみの秘密は、頬をぴしりと打つと涙をこぼす等身大の男の子の人形。学校で嫌なことがあると、彼の頬を打つのだ（「ぽろぽろドール」）。人形に切ない思いを託す人々を綴る連作小説。

●最新刊
前進する日もしない日も
益田ミリ

着付けを習ったり、旅行に出かけたり。お金も時間も好きに使えて完全に「大人」になったけれど、時に泣くこともあれば、怒りに震える日もある。悲喜交々を描く共感度一二〇％のエッセイ集。

●最新刊
まよいもん
松井雪子

「まよいもん」とはあの世とこの世のあいだをさまようものたちのこと――。「まよいもん」が引き起こす事件に翻弄される「霊能者」ママと、ママを助ける娘マナの不思議な冒険！

●最新刊
わたしと、わたしの男たち
真野朋子

四十七歳、バツイチで娘と暮らす瞳子は、過去の恋愛を振り返る。初体験、不倫、結婚、ダブル不倫……。様々な出会いと別れを経て、今、恋も仕事もまだ途上――。人生が愛おしくなる長篇小説。

真夜中《まよなか》の果物《フルーツ》

加藤《かとう》千恵《ちえ》

平成23年2月10日　初版発行
平成23年7月30日　2版発行

発行人——石原正康
編集人——永島賞二
発行所——株式会社幻冬舎
〒151-0051東京都渋谷区千駄ヶ谷4-9-7
電話　03(5411)6222(営業)
　　　03(5411)6211(編集)
　　振替00120-8-767643
印刷・製本—中央精版印刷株式会社
装丁者——高橋雅之

幻冬舎文庫

ISBN978-4-344-41617-8　C0193　か-34-1